語り継ぐ日本の文化

沢井 耐三
黒柳 孝夫 編

青簡舎

序　文化都市蒲郡――市民教養講座二十五周年に寄せて

私は今年九十八歳、何でも「古来稀」とでもいうべき年齢になったそうで、再び少年期に戻ったような気がします。

私の専門は平安和歌文学の研究であり、市民講座でも十回ほど講演をさせていただきました。最初は蒲郡に関することを専門の立場から話しましたが、毎度、同じことを話すわけにも行かず、最後には専門分野を少し離れ、聴講者の皆さんと一緒に勉強するつもりで様々のテーマについて話した気がします。

現在、全国的に多くの地域において市民講座が盛んに行われるようになりましたが、蒲郡が市民講座をはじめた頃にはまだそれほど一般的でなかったように思います。その意味で蒲郡は市民講座の先駆けとして役割を果たしてきたのではないでしょうか。

また、この市民講座が長く継続してきたということにはたいへん深い意義があります。二、三年であればあり得る事ですが、二十五年ともなると、並大抵のことではありません。まず何といっても聴講者がいなくては継続できなかったわけです。継続的に多くの聴講者があったということは、蒲郡市民の文化的関心の高さを証明するものです。一方では市民の文化的関心の動向に注意を払い続けてきた企画者の努力の賜物でもあるのでしょう。

現在、ともすると文化的施設やサービス、あるいは貴重な文化財が大都市圏に集中する傾向にあります。その意味でもこの二十五周年はたいへんな意義があると思います。むしろ、過剰な人口を有しない都市であるからこそ、企画者も聴講者の意見や文化的関心をよく汲み取って運営が行い得たという面もあるかも知れません。ここには小規模な都市だからこそ独自の文化活動が行えるという可能性がうかがえます。

ところで蒲郡は元来、蒲潟（かまがた）と西郡（にしのこおり）が合わさって出来た地名です。（西郡は宝飯郡の西部の意で現在の三谷の辺り、蒲潟はその西方の海辺に当たります。）つまり本来からすると「かまごおり」と発音されるべきであるわけですが、現在は「がまごおり」と定められています。

この理由について私どもは地元の古老に次のようにうかがった記憶があります。

明治初期に東海道線が開通し、蒲郡に駅が設置されることになった折、鉄道敷設の担当者が当時の蒲郡の郡長に当地の正式な地名を尋ねた。郡長はそのとき「かまごおりです。」と答えたが、高齢であり、また鼻炎か何かを患っておられたそうで担当者には「がまごおり」と聞こえたらしい。それで駅名が「がまごおり」と決定し、やがて行政区域としての名称も「がまごおり」となった。

以上が私が聞いた話ですが、「蒲」は蒲鉾の場合は清音で「かまぼこ」となり、植物の蒲の場合には「がま」と濁音になるようです。蒲潟は蒲の繁茂する潟地の意であり、「がまがた」でも誤りとは断定できませんが、やはり地元の伝承などから考えても「かまがた」であり、従って蒲郡も本来は「かまごおり」であったかと思います。古老の話がどこまで正確なものか定かでありませんが、忘れられてしまうと残念ですから興味深い話としてここに紹介しておきたいと思います。

市民講座の思い出も少なくありません。最後ですので……最後でないかも知れませんが、述べることにします。私の荊妻が豊橋の友人と三人、私には内緒でかくれるようにして聴いて居ました。講演なども最初は何となく恥かしいような気がするもので、聴講者の様子もよく見えないこともありましたが、馴れてくると、聴衆の様子が全部よくわかるようになるものです。隠れて私はその日、質問を投げかけるようにして、隠れている荊妻の名を呼んでみたのです。隠れて見えないつもりでいたのに呼ばれたので、荊妻も驚いたようでした。

東京、名古屋をはじめ、浜松、豊橋、岡崎などで、何十回となく、講演をしましたが、荊妻に聴かれたのは、これが初めてであったかと思います。

私は平安和歌文学研究を通して、遠い昔のことを正確に調査し歴史的事実として明らかにすることは大変に困難なことだと尽々、感じています。市民講座は歴史分野にとどまらず様々の分野のテーマについて講演者と聴講者がともに考える場であります。今後ともこうした貴重な場が存続、発展することを願っています。

平成十九年五月三十一日

久曾神　昇　識

語り継ぐ日本の文化　目次

序　文化都市蒲郡――市民教養講座二十五周年に寄せて……久曾神昇　1
古筆の基礎――国文学の立場から……久曾神昇　7
万葉集の相聞歌――その性格と実態……津之地直一　27
紀貫之――日本文学のパイオニア……田中　登　38
『源氏物語』女三の宮の結婚――新たな「まもりめ」表現による創出……和田明美　55
「歌学び」の系譜……日比野浩信　81
戦国時代の蒲郡の文芸――連歌『西ノ郡千句』の世界……沢井耐三　104
湖西を築いた人・夏目甕麿の万葉集研究――『薵釜嚴釜考』……片山　武　130
曲亭馬琴と柳亭種彦――近世の文語の諸相……漆谷広樹　149

大正初期の豊橋　――井上靖『しろばんば』を視座として……谷　彰　168
名作の舞台、旧常盤館・蒲郡ホテル……黒柳孝夫　194
あとがき……黒柳孝夫　217

古筆の基礎 ——国文学の立場から

久曾神　昇

はじめに

古筆というのは、古く書写したものを、その筆蹟鑑賞の立場よりよぶ呼称で、内容研究の場合は古写本などと言う。古く書写したものには内典も多いが、それは区別して古写経とよんでいる。外典の中には漢籍も存するが、ここでは国文学の貴重な資料に限定する。

国文学は古事記のできた和銅五年（七一二）からでも、すでに約一三〇〇年の長期に及んでいる。印刷術も早く奈良時代に存したが、鎌倉時代以前は内典のみで、漢籍は吉野時代以後、国文学作品の刊行は近世初期からである。従って中世以前は、すべて書写によったのであり、古典文学にあっては本文校訂が重要な基礎研究となるので、古筆すなわち古写本は重要資料となるのである。

1　古写本資料

（1）和漢朗詠集

古事記、日本書紀、万葉集などの古写本が重要であることは今さらいうまでもないが、ここでは古筆として広く鑑賞せられているものを主として述べることにする。平安時代の古筆の中で最も多いのは、古今集と和漢朗詠集とである。

和漢朗詠集は藤原公任の撰著であり、撰者の在世中又は直後の書写と思われるものも多い。それらは三種に大別せられ、源兼行筆御物雲紙巻子本、同関戸家色紙巻子本は初稿本で、詩歌合せて七八七首、伝行成筆大字切は再稿本で同系統本を参照すれば七九八首、伝行成筆御物唐紙粘葉本、同伊予切、同法輪寺切、同近衛本などは精撰本で八〇二首と、次第に増加している。その他に平安時代の書写と思われるものが三〇本余あり、伝公任筆大内切は道風筆とも言われ、徒然草に見える「道風の朗詠」と推定せられる。太田切、益田本など名筆も多いが、完本又は完本に近かったものとしては、伝行成筆久松切、伝公任筆御物巻子本、定信・伊行両筆戊辰切、伊行筆芦手下絵本、伝定頼筆山城切などがあるが、それらには僅かながら後人の追補の存するものもあり、鎌倉時代になると断簡は勿論、完本も相当に多数伝存するが、次第に後人の追補が見られるようである。

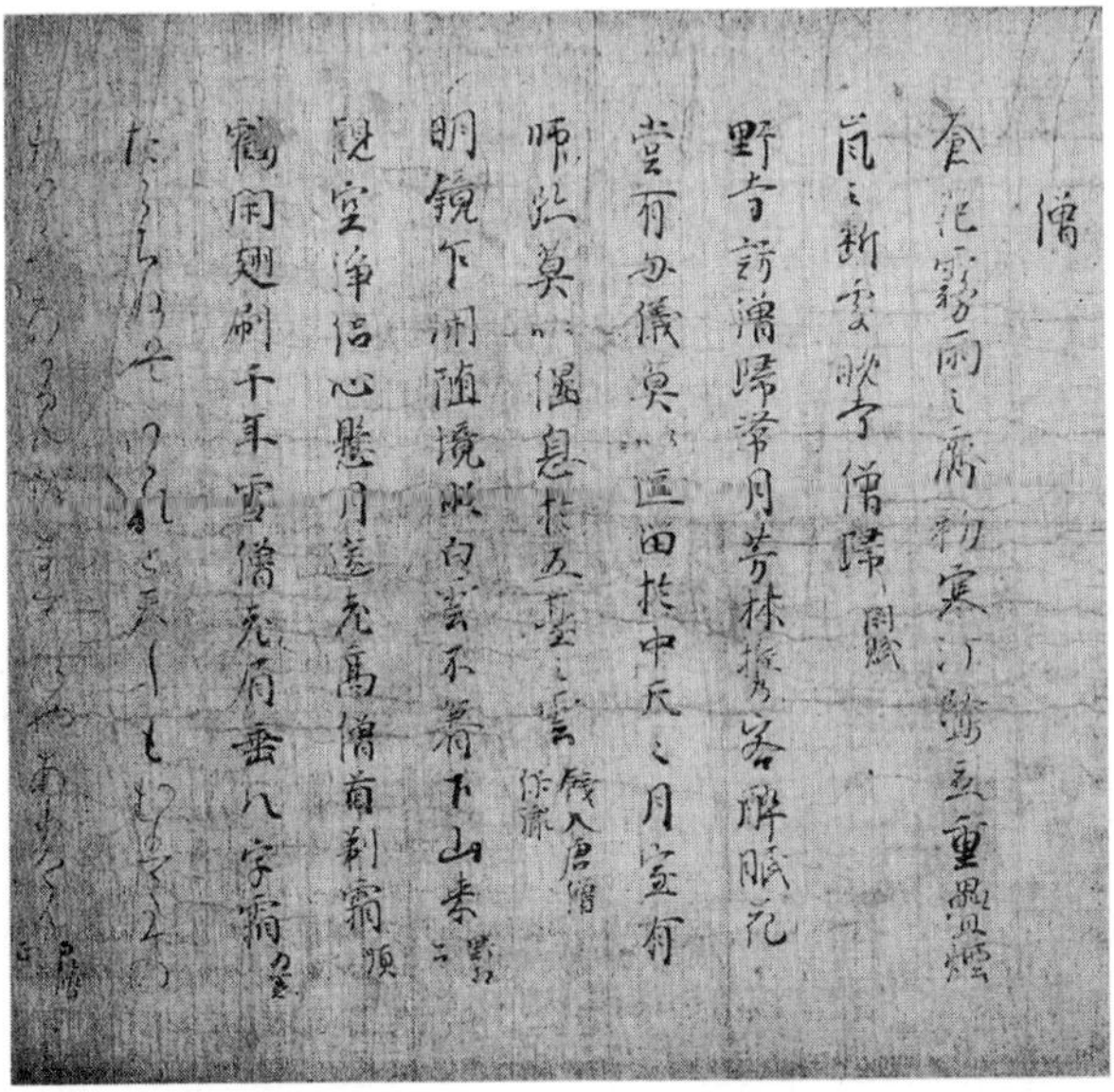

伝藤原公任（小野道風）筆大内切

（2）古今集

古今集は異同が著しいので、部類名、詞書・作者名の書式、歌の異同、歌句の相違、その他を吟味して、六段階に区別し、第一次本（寸松庵色紙・本阿弥切・亀山切・曼殊院本・久海切・荒木切・大江切・御家切）、第二次本（筋切本・元永本・唐紙巻子本）、第三次本（関戸本）、第四次本（清輔本、その他）、第五次本（今城切・顕広切・了佐切・昭和切・中山切・定家本）、奏覧本（高野切）とした。それらを比較検討するに、完本が少ないので推定も極めて困難であるが、第一次本一一四一首、第二次本一一二三首、第三次本一一〇八首、第四次本一一〇六首、第五次本すなわち流布本（定家本）は一一〇〇首、奏覧本は一〇九六首以下であったと推定している。高野切巻二十は完存しており三首削除したことは明白である。その他に巻九の巻末には菅原道真の名歌

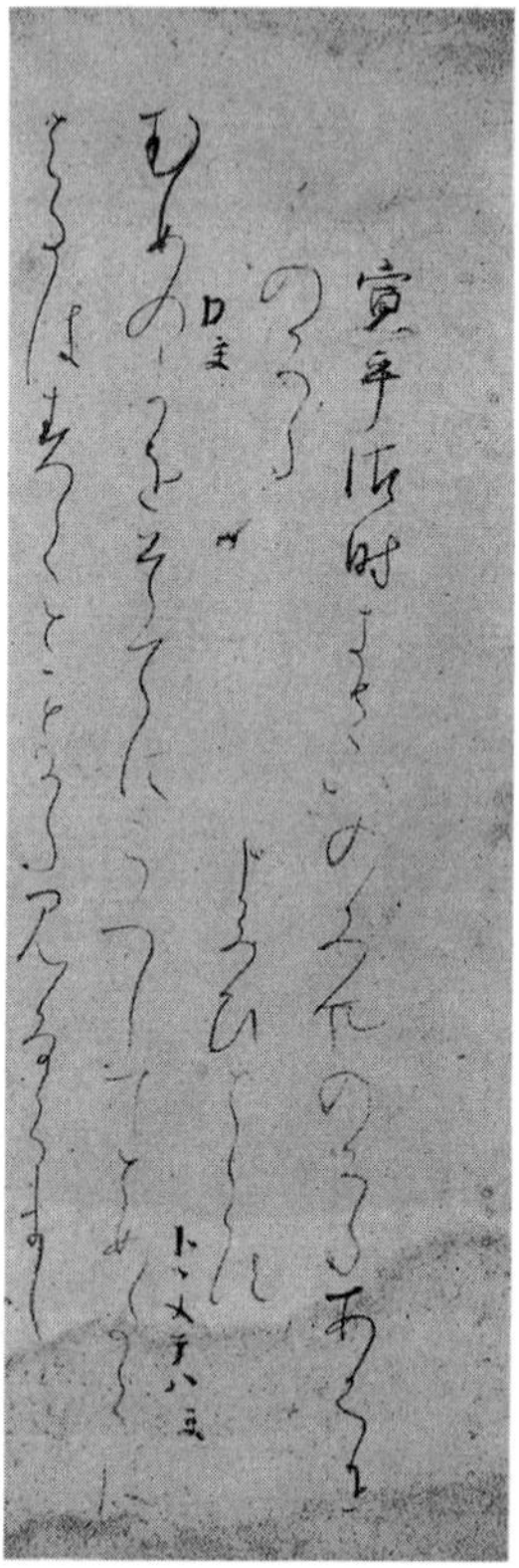

伝紀貫之筆亀山切

「このたびは」の次に第五次本までは素性の歌「手向には」があるが、高野切にはない。因みに高野切という名称は、この巻九が高野山の文殊院に存在したのによる名称であることも付言しておく。

本文校訂の必要な事例をあげよう。清和天皇が万葉集撰集について御下問あらせられた時の歌が巻十八にあり、万葉集研究の立場よりも注意せられている。

貞観の御時「万葉集はいつばかりつくれるぞ」と問はせ給ひければよみて奉りける

文屋有季

神無月時雨ふりおける楢の葉の名におふ宮のふるごとぞこれ（九九七）

この歌の作者は諸本に文屋有季とあり古来伝記不明である。平安時代に成立した古今集目録には文室有材とあり、依然不明である。高野切には「ふむやのありま」とあり、文室有真と知られる。有真は続日本後記・文徳実録・三代実録などの正史に見え、清和天皇御代まで受領などとして活躍したことが明確に知られる。思うに「ありま」を「あり末」と読めば「ありすゑ」（有季）となり、「ありき」と見誤れば有材となるのである。かくて八百年間の難問も、唯誤字一字で氷解するのである。程度の差こそあれ、類似の事例は到るところにあり、古写本が特に重視せられる所以である。

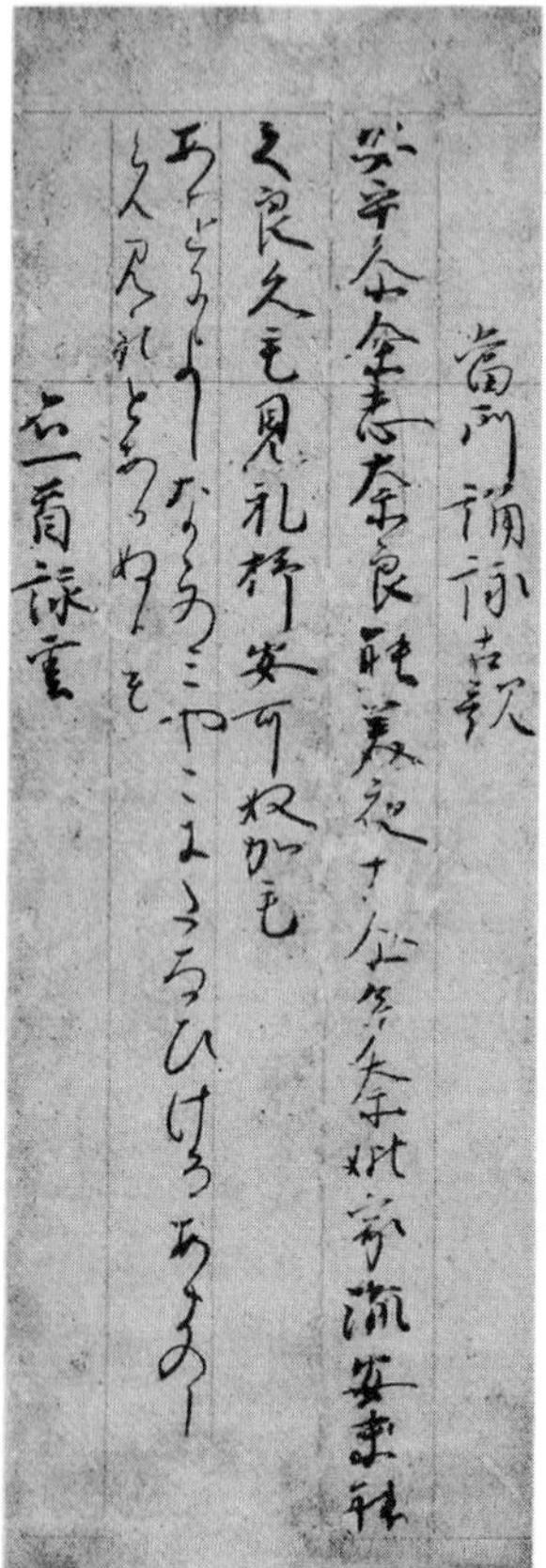

伝藤原基俊筆天治本万葉集切

（3）万葉集

万葉集は源兼行筆桂本（伝順筆栂尾切）、藤原伊房筆藍紙本、寛治三年（一〇八九）書写と推定すべき元暦校本、藤原定信筆金沢本、天治・大治年間書写の天治本を五種万葉と呼んでいるが、その他に伝佐理筆下絵綾地切、伊房筆万葉集抄、伝行成筆金砂子切、伝伊経筆久世切、伝俊頼筆尼崎本などがあり、部類を改めた類聚古集は平安末期の書写で多量に伝存している。完本は鎌倉時代以後であるが、紀州本は内容的に特に重視せられる。

因みに万葉集の誤写の例を推定してみよう。巻七に次の如き歌がある。

干各　人雖云　織次　我二十物　白麻衣

かにかくに人は云ふとも織りつがむ我がはた物の白麻衣（一二九八）初句の干各を現存諸本に見る如く千各と誤った為にチ、ワクニと誤読し、拾遺集巻八に次の如くに載せられた。

ち丶わくに人は言ふとも織りて着むわがはた物に白き麻衣（四七五）鎌倉の源実朝はそれによって、次の如く詠んでいる。

大君の勅を畏みち丶わくに心はわくとも人に言はめやも

このチ、ワクニを賀茂真淵はチ、ワ、（父母）の意と誤解した。万葉集で干を千と誤った為と推定せられる。かくて本文校訂の必要性と資料の重要性が痛感せられよう。

2 異本資料

（1）継色紙

前述の如く単なる誤字でも、重要な影響が存するのであり、異本となると、一層重要性が増大する。伝道風筆継色紙は、もとは内面書写の粘葉本一帖であったが、今は分割せられている。現在知られている三六首について調査するに、古今集所出の二九首、万葉集所載の六首、出典未詳の一首となり、八〇パーセントまで古今集に存するので、金葉集などの撰集過程を参照して、古今集の初撰本と推定すべきであろう。古今集は最初に、多くの人々に「家集並古来旧歌」(真名序)を献上せしめ、それを部類したのであり、後に万葉集所載歌を削除した過程を知るべき資料でもある。

（2）三十六人集

伝行成筆三十人撰(歌仙歌合)は公任の十五番歌合より進展したもので、所載和歌の著しい一致により、三十六人撰の前身と知られる。三十六人撰は重視せられ、広く流布しており、各一首を選び肖像を添えたのが、信実歌仙、上畳歌仙以下の各種歌仙絵であり、その三十六人の家集を集めたのが三十六人集(歌仙家集)で西本願寺本以下多く伝存している。諸家集の異本の一例として西本願寺本三十六人集を見るに、群書類従本及び歌仙家集本以外の異本が、人麿集・伊勢集・素性集・小町集・敦忠集・斎宮女御集・信明集・小大君集・能宣集・兼盛集の一〇集に及び、その他の同系統本にしても類従本等の誤脱を補うべきものが多い。例えば躬恒集の如きは、類従本と同系統でありながら、和歌三六首、聯句一二句、漢詩七首の脱落を補い得るのである。

（3）竹取物語ほか

その他の分野でも同様である。伝後光厳院筆竹取物語切の如きは、鎌倉末期あたりのものであるが、現存の竹取物語とは著しく相違しており、原形を推定するのに特に注意せられる。伝俊成筆大和物語切は特に古いものとして注意せられる。大和物語は二条家本が流布している今

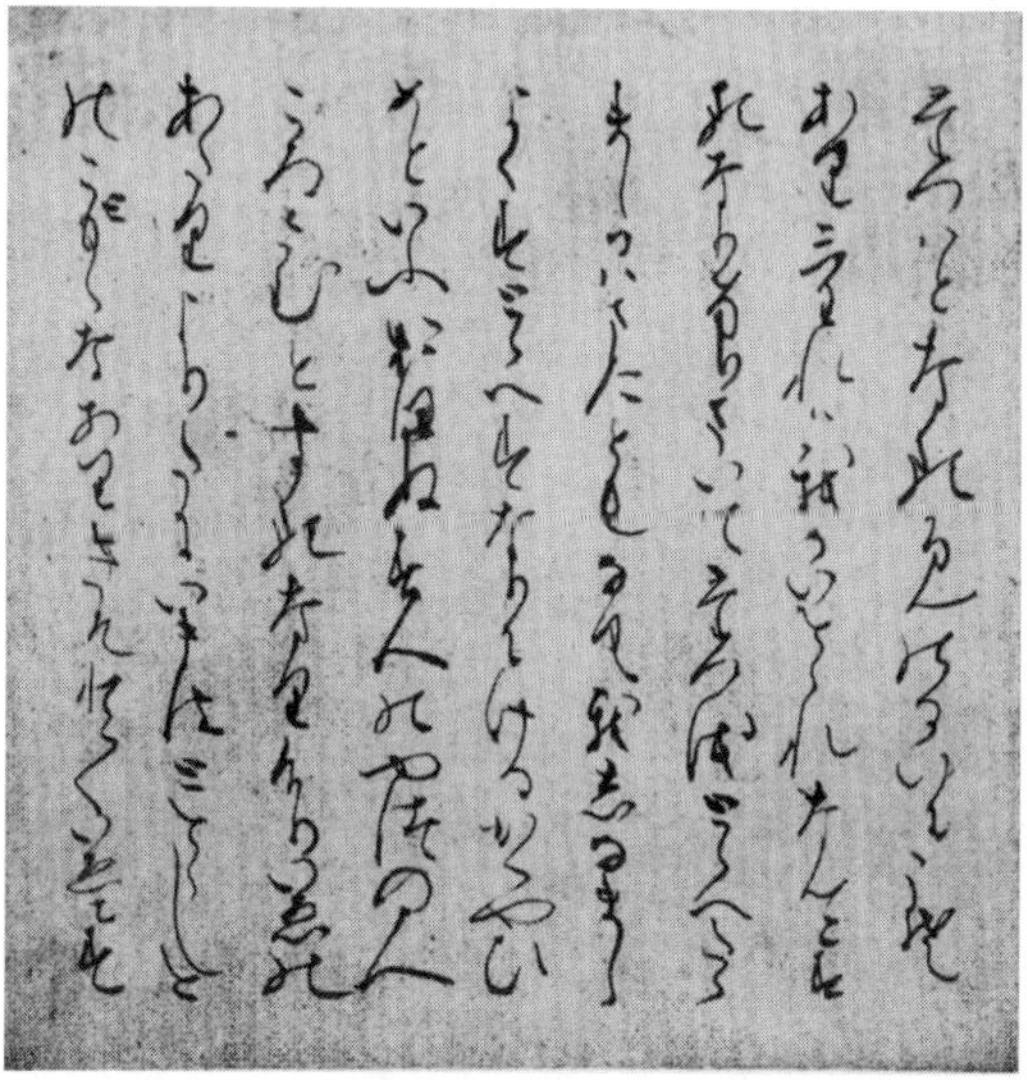

伝後光厳院筆竹取物語切

日、六条家本は類が少ない点で注意せられる。沙石集は広本と略本とに大別せられ、最古写本などによれば、広本系統が原形に近いように推定せられる。神田本太平記なども太平記の原形を推定する上で注意すべきものである。

3　孤本資料

（1）秋萩集ほか

天下の孤本と言われるものは、僅かばかりの断簡でも、書写年時の新しいものでも、言わば絶対的価値が存することになる。平安初期のものとして伝道風筆秋萩集がある。零本四八首のうち現存歌集に存するのは二六首で、二二首は全く知られなかった古歌である。如意宝集は、目録は存するが完本は伝存せず、伝宗尊親王筆断簡のみである。内部徴証によれば長徳二年（九九六）の成立と知られる。それより拾遺抄となり、更に拾遺集と進んだのであり、その関係を知るべき資料である。また麗花集の名は後拾遺集序以下に見えるが完本は伝存せず、伝道風筆八幡切及び伝小大君筆香紙切によって百余首知られ、寛弘二年（一〇〇五）六月乃至同六年三月の間の成立と推定せられる。伝忠家筆和歌体十種（壬生忠岑）は最も古い歌学書として意義が大きい。深窓秘抄（公任）は早く拓本も刊行せられたが、伝公任筆本が唯一本伝存するのみである。

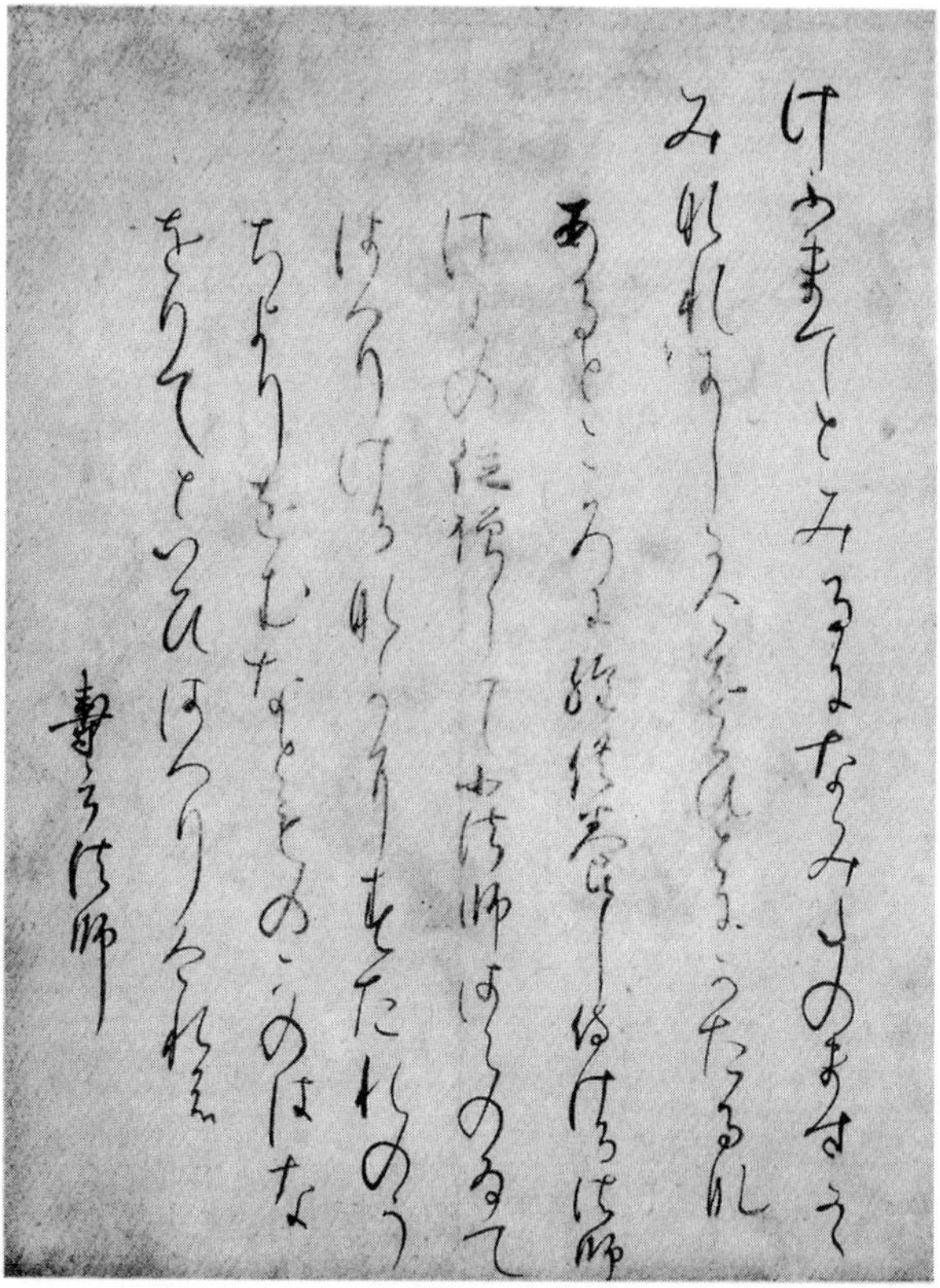

伝宗尊親王筆如意宝集切

（2） 諸家集

諸家集について見るに、伝貫之筆部類家集切の中の在原元方集、伝行成筆針切の中の某法師集（重之の子）、伝俊頼筆京極関白集切（冷泉家で近年完本出現）、伝西行筆一条摂政集、伝寂念筆具平親王集切をはじめ、孤本資料が少なくないが、又、今なお未詳のものもある。因みに京極関白集切の料紙には、菫《すみれ》の焼画が存するが、他に類例を見ない珍しいものである。

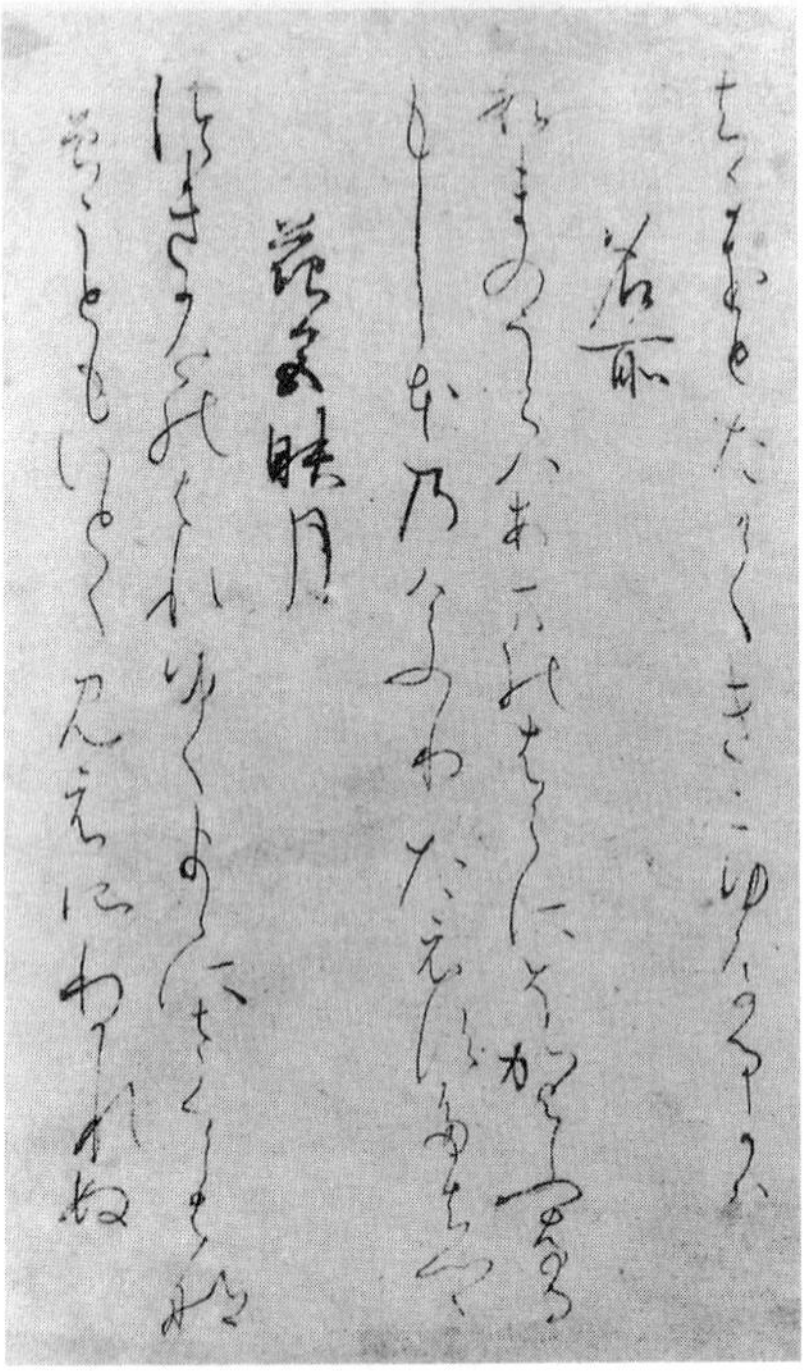

伝源俊頼筆京極関白集切

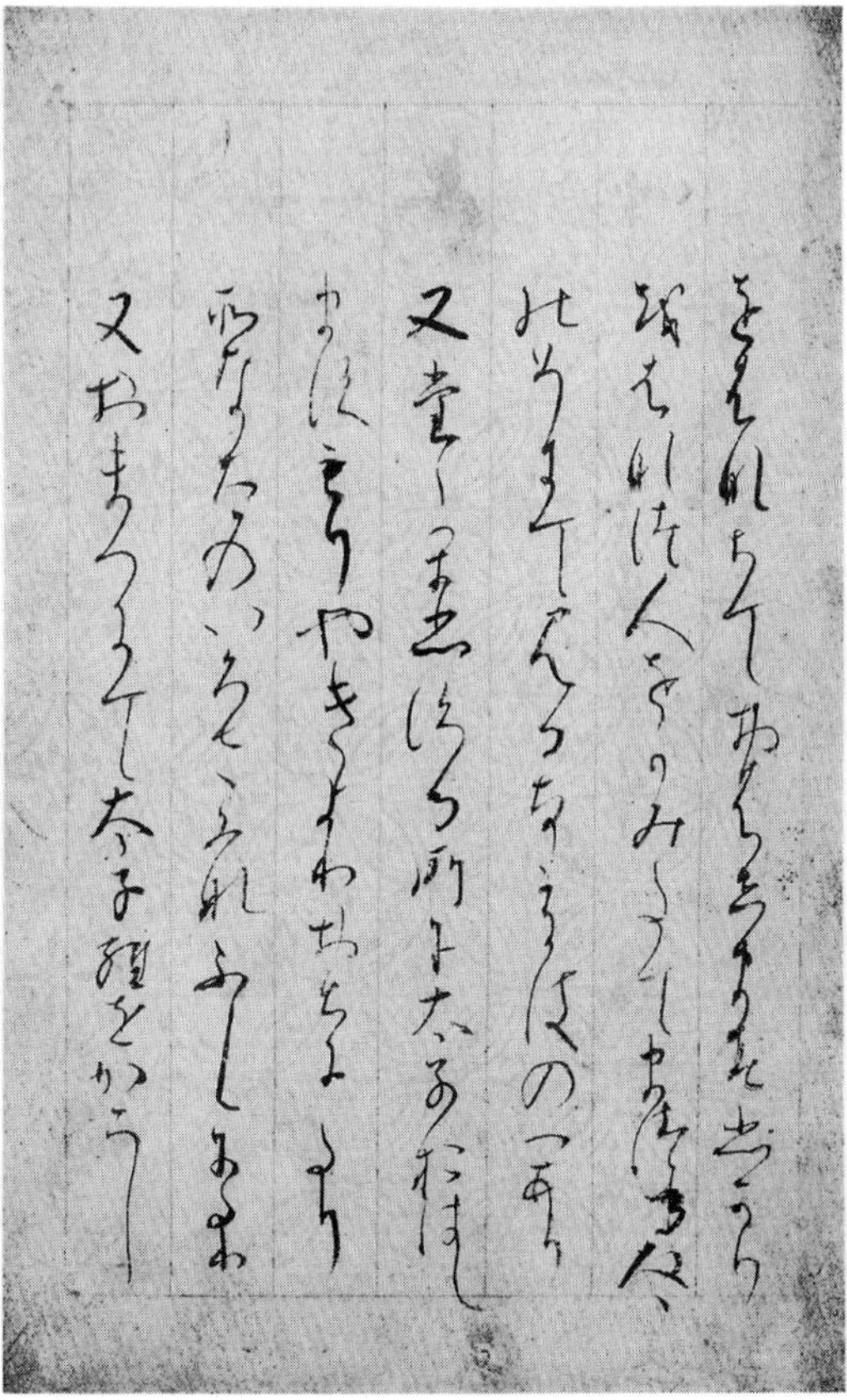

伝源俊頼筆東大寺切

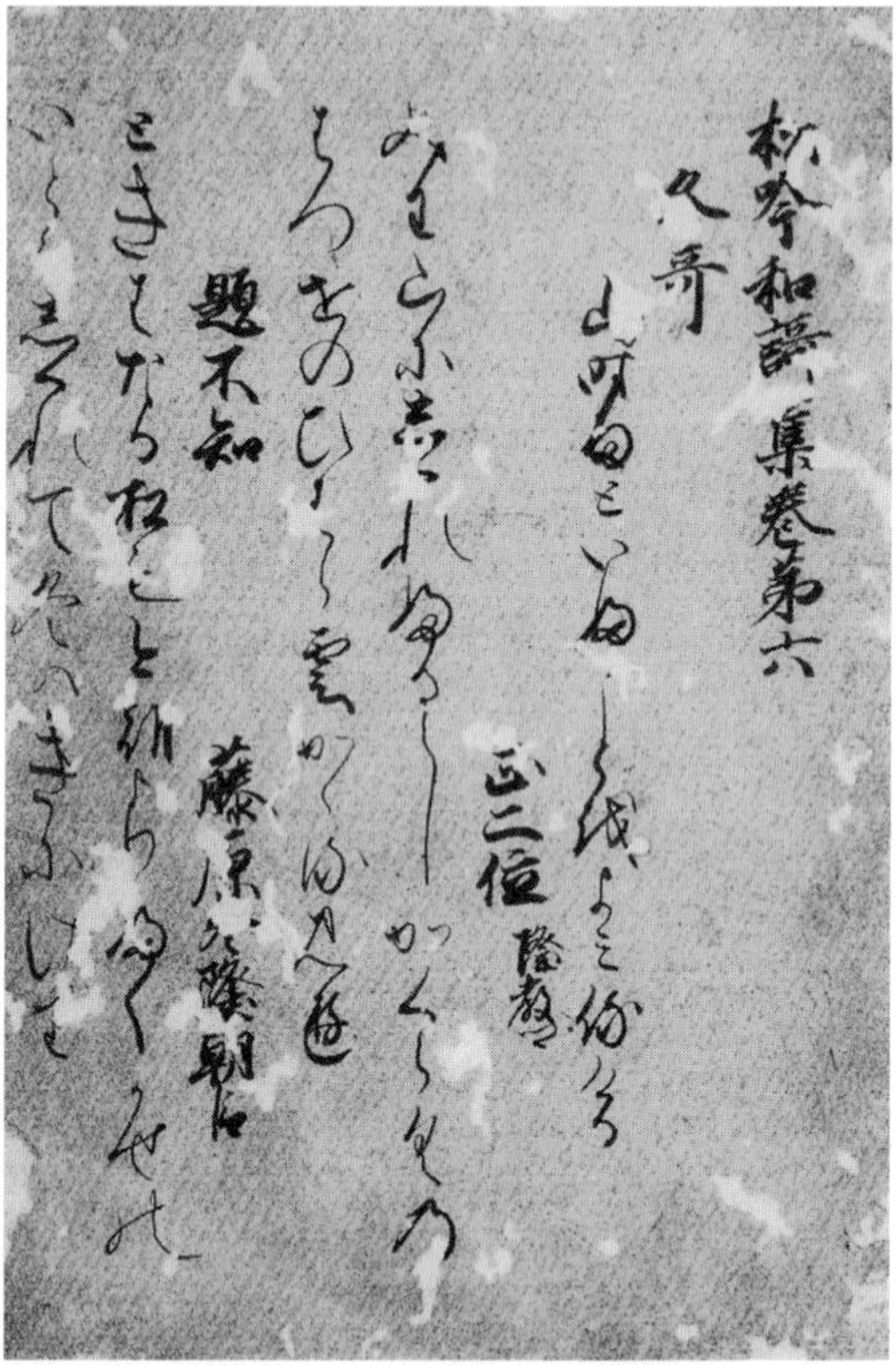

伝二条為遠筆松吟集切

（3）三宝絵詞

伝俊頼筆東大寺切は、識語によって保安元年（一一二〇）の書写と知られるが、仮名書三宝絵詞として、極めて貴重なものであり、名古屋市博物館に零本一冊が伝存するのは、この上もない幸せである。

（4）拾葉集ほか

平安末以後になると、拾葉集、浜木綿集、松花集、松吟集の如き私撰集、八代集部類抄、定家八代抄の如き改撰集もあり、伝寂蓮筆田歌切なども相当に伝存している。定家の書写した更級日記は勿論、土左日記も為家筆本と共に孤本に近い。また口遊、打聞集などは完本で、貴重な資料である。

4 自筆資料

（1）詩懐紙と和歌懐紙

いかに伝本が多くても、絶対的価値のあるのは自筆本である。まず見るべきは詩懐紙である。藤原佐理の詩懐紙は、最も古く安和二年（九六九）三月一四日のものであり、その後二百年間は知られず、平安末期になって文泉抄所収の大江忠房のは承安四年（一一七四）頃であり、ついで鎌倉時代に入ると後鳥羽院、大江匡範などをはじめ、多量に伝存している。

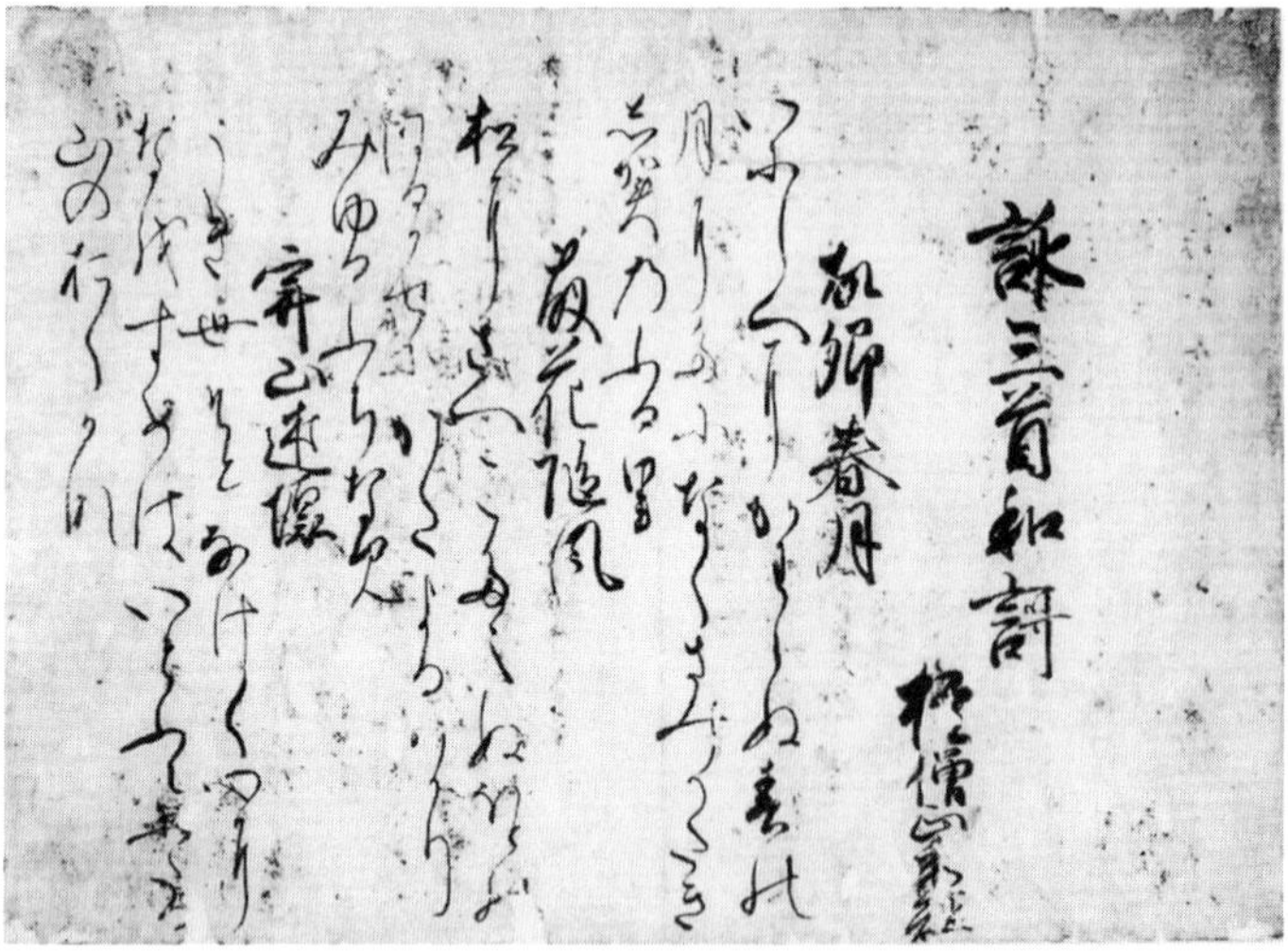

春日懐紙（秀経）

和歌懐紙は、管見の範囲では、平安末期の源頼政、俊恵、藤原定長（寂蓮）、覚明などがあり、ついで養和二年（一一八二）の一品経和歌懐紙には藤原頼輔、同有家、同季能、同隆親、同能盛、源師光、賀茂重保、惟宗広言、円位、兼覚、寂念、寂蓮、宗円、勝命、覚綱などが見える。ついで鎌倉時代に入ると、後鳥羽院以下の熊野懐紙及び熊野類懐紙と総称するものがあり、いささか後れて春日懐紙が多量に存し、ついで熱田神宮の日本書紀紙背の和歌懐紙は、近年特に注意せられている。

（2）伝紀貫之筆自家集切ほか

次に特に傾注すべきは伝貫之筆自家集切である。今日までに知り得たのは五葉一〇首にすぎないが、仮名遣の上よりア行ヤ行の「え」の区別の存した時代と知られ、土左日記の奥にある定家臨写の貫之の書体と対比し、更に貫之の使用した土左日記の料紙（不打）と自家集切の料紙とが、共に約三四糎という特殊な紙幅である事実より考え、蓮華王院に伝存した自筆貫之集（袖中抄所説）と推定すべきであろう。次に伝行経筆詩歌切は、寛仁二年（一〇一八）藤原頼通の任大臣大饗の際の屛風詩歌であるが、屛風に書いたものではなく、その手控で、小右記・左経記などによれば、行成の真蹟と推定せられる。

（3）十巻本歌合と二十巻本類聚歌合

編集者の自筆原本としては、まず十巻本歌合がある。伝宗尊親王筆本は、頼通の依頼によって源経信が編輯したもので、天喜四年（一〇五六）乃至治暦四年（一〇六八）の間の成立であり、大量に現存している。論春秋歌合は巻十の一部である。二十巻本類聚歌合は最初一〇巻の和歌合抄として企画せられ、ついで一五巻の古今歌合と改められ、最後に二〇巻の類聚歌合となったが、完成せず原稿のまま伝存したように思われる。編輯者も明白でないが、長期間にわたっている点からも、白河法皇の御意に基づくもので、大治四年（一一二九）崩御なされたので、そのまま摂関家に襲蔵せられて来たのであろう。今なお多量に伝存し、分割せられたものも多く、伝忠家筆柏木切、伝俊忠筆二条切、伝西行筆歌合切などと呼ばれている。

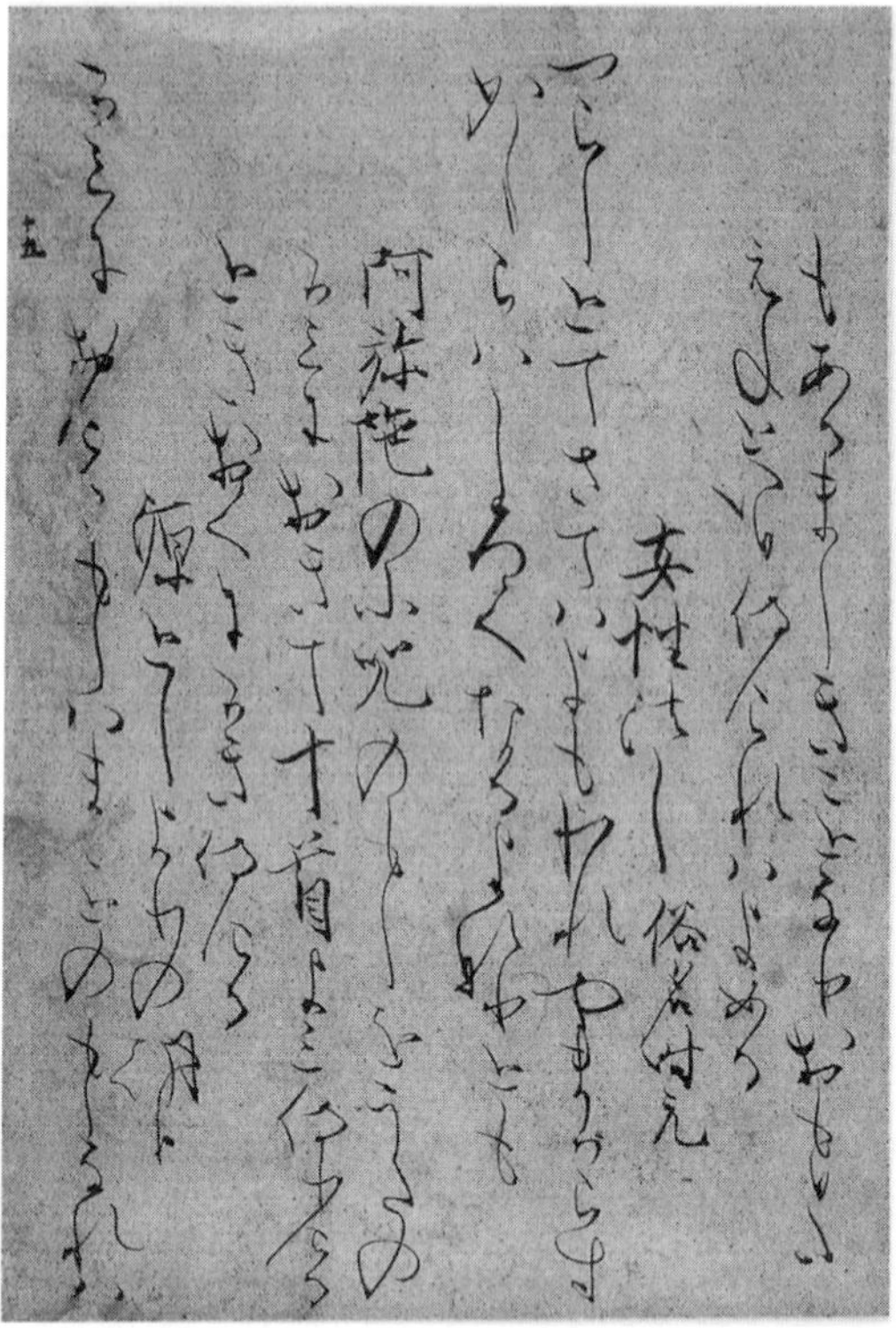

藤原俊成筆日野切

（4）山名切新撰朗詠集と日野切千載集

山名切新撰朗詠集には署名はないが、藤原基俊の署名の存する多賀切と同筆で、撰者基俊の自筆である。料紙より推測するに、関係の深かった内大臣忠通に進上したものであろう。日野切千載集は撰者俊成の自筆であるが、巻子本でないので、文治四年（一一八八）奏覧の原本ではなく、手控などであったと思われる。承安二年（一一七二）広田社歌合は判者俊成の自筆原本で、完存している。

（5）梁塵秘抄

梁塵秘抄は後白河法皇御撰であるが、僅かに新写零本が伝存するのみである。しかし伝寂蓮筆梁塵秘抄切は、成立した当時のもので、料紙が特に優美であり、巻子に仕立て下絵を施してから書写している事情よりして、原本ではなかろうかと推定せられている。

（6）千五百番歌合と物語二百番歌合

鎌倉時代に入ると、本能寺切は建仁元年（一二〇一）の千五百番歌合の原本で、各判者がそれぞれ判詞を書き加えている。源通具・俊成女五十番歌合は判者定家の自筆原本が伝存している。物語二百番歌合は、定家が源氏物語、狭衣物語、その他の物語より秀歌を抄出して歌合に構成したもので、定家自筆本が完存しているのは貴重である。

（7）小倉色紙

文暦二年（一二三五）五月二十七日宇都宮頼綱（蓮生）の依頼を受けて、定家の揮毫したのが嵯峨色紙で、百一首あった筈であるが、現存するのは唯一首のみのようである。鎌倉幕府に遠慮して除いた後鳥羽院、順徳院のを加え、他の三首を削除し一首のみ改めて百首とし、定家の小倉山荘に飾ったのが小倉色紙である。伝貫之筆寸松庵色紙、伝道風筆継色紙、伝行成筆升色紙、伝公任筆唐紙色紙、伝西行筆小色紙など色紙と称しているものは少なくないが、それらは最初歌集として書写せられたもので、最初からの色紙は嵯峨色紙・小倉色紙が最古である。

結語

要するに、あらゆる古筆は、すべて古写本として、誤脱を補訂すべき資料として、極めて意義が大きいのである。それが異本となればさらに意義が大きく、殊に孤本となれば、それ以外には伝存しないのであり、絶対的価値があり、断簡・零墨でも重視すべきである。その孤本も、他から同類が出現すれば相対的意義に変るであろうが、自筆本となれば、永久に絶対的意義を有する筈である。

万葉集の相聞歌 ――その性格と実態

津之地　直一

はしがき

万葉集は私達日本人の心の故郷だと言う。又、万葉集は歌を作る人のよき伴侶であり、よき手本だとも言われる。それは、そこに人間の心が虚飾なく直叙されているからである。歌人にあって「率直にその真情を吐露すること」これは如何なる歌を詠もうとも動かし得ない根本原則でなければなるまい。古今集の如く理知的知巧的に詠んでも、又新古今集の様に幽玄をねらい象徴的手法を取っても、その基盤にはやはりこの原則が一貫しているのである。ましてや現代短歌のいくつあるか知れない各流派、各結社の歌に於いて夫々に夫々の特徴のある表現や技巧が見られるにしてもそれは末端面の多彩に過ぎず、その根本は一つであるはずである。その一つの根本を教えてくれるのが万葉であり、万葉をよむことである。「万葉集をよむ」それは又決して万葉集について書いてあるものをよむ事ではない。文学は作品を外にしてはあり得ない。解説書、概説書で得た知識は所詮抽象的知識でしかあり得ないだろう。歌は何よりまず一首一首の作品そのものを正しく解釈し味読すること、いかなる言葉でいかに表現されているか、一字一句の訓詁に心をひそめてたち向うことである。そうして始めて歌の内容から抽象された「論」ではなく、歌の中にこもった万葉人の生活や思想や心緒が直接我々の心の中に生命を得て、血肉となった本物の知識になるのだと思う。花々しい「万葉の精神」論とか、くさぐさの「万葉の何々性」についてはそれからのことである。正しい訓詁解釈が正しい鑑賞批評の母胎であり基盤である。血肉となった知識のみが、私達の作る歌の滋養となって生かされるのである。文学は理論でなく作品そのものを味うことが最初であり、又最後の目的でなければならない。この平凡な真理も、万葉をよみ始めて二十幾年、アララギで作歌を始めて七年余を経て私の体得した実感の言葉なのである。

相聞の意義

万葉集の歌の部立の「相聞」の字面は既に早く隋唐以前の古い中国の通用語として用いられているもので、文選にも「往来数相聞」「口授不悉往来相聞」等の句があり「相聞」については「聞問也」「相問也」の古注も見出される。従ってその原義は、お互に相手に消息を通じてその安否を問い、意を交換する往復存問の意と見られ、特別に男女の性別に重きを置く気持のない一般の文章語であったわけである。然し万葉集中の相聞歌を見るに、その九割が男女間の歌と認められ、僅かに一割が恋愛感情を含まぬ歌、即ち肉親間の贈答や男性間女性間の往復存問歌であることを考えると、集編者の意識としては、主として男女間の往復存問即ち恋愛感情を主軸とした親愛、悲別、思慕の感情を伝え合った歌を統べくくる意に用いて部立名としたと思われるのである。今日巷間に、相聞歌即ち恋愛歌と理解され使用されているものも決して故なしとしないのである。以下私の適宜見て行きたい歌もその意味で男女間にうたわれた恋愛の歌である。そして、巻別、作者別とか時代順、地域別とか色々の見方も可能であろうが、今は、人事相聞の観点からまた、有名無名の万葉人の歌の中からその恋のあれこれを少しばかり現代のそれと比較しながら粗描して見ようと思うのである。

恋の諸相

(1)たらちねの母が手放れかくばかり術なきことはいまだせなくに（⑪二三六八）

(2)相見ては面隠さるるものからに継ぎて見まくの欲しき君かも（⑪二五五四）

どちらも初恋の歌である。正述心緒の部にある通り、正しく「真情の吐露」である。(1)は恋を知りそめた少女が他人は勿論母親にすら相談することも出来ず、一人胸に余る思いにやる瀬なく懊悩している。初々しい乙女の切実な肉声をそのままに聞く思いがする。民謡であろうがその生々とした張りつめた調べは人の心を打つ。(2)もつつましい乙女が、身を以って迫るような甘美清純なところがある。こうした悩みや物思いに沈む少女も又、男に逢って面隠しする乙女も今は少ないのではないか。「お母さん私正雄君と結婚するわよ」式の娘もいるだろうし、「あなた何故うつむいてんの、私の方見てよ」とかえって男を鼓舞する勇ましい乙女もいそうである。

(3)君に恋ひいたもすべなみ奈良山の小松が下に立ち嘆くかも（④五九三、笠女郎）
(4)吾背子に恋ふれば苦し暇あらば拾ひて行かむ恋忘貝（⑥九六四、坂上郎女）
(5)妹に恋ひわが越え行けば背の山の妹に恋ひずてあるがともしさ（⑦一二〇八）
(6)吾妹子に恋ひてすべなみ夢に見むと吾は思へど寝ねらえなくに（⑪二四一二）

これ等の歌を見ても分るように、相聞歌に於ては夫々相手を呼ぶ呼び方が決まっていた。即ち男性が女性を呼ぶには「妹」「吾妹」「吾妹子」「子」と言い、女性が男性に対しては「君」「背」「吾背子」と言った。今日の短歌では男性が女性を呼んで「君」と使う例は多いが、万葉ではその逆ばかりである。二、三の例外があるが、それとて戯れ半分の歌にあらわれているか、代作と見られる歌かである。従って又作者不明の歌の場合「君」の呼称があればその作者は女性と推定して間違いない。

それは「君」の語に、もともと尊敬の意味が含まれていたことに原因すると考えれば、今日はこの点でも男女平等と言えそうである。敬語を見ても万葉集では「す」（親愛の意を添える）は男女間にほぼ同数に用いられているが、敬語動詞「います」や敬語助動詞「ます」は女性が男性に向って使いその逆は極めて少なく、それも特殊の場合として解釈がつく例であることも思い合わされる。さて次にこれ等の歌は恋が苦しいものであり、すべのないものであり、恋をしない心安さを羨望しているなげきの歌であるが、これは万葉の恋の歌の主調をなしているものである。昭和初頭の歌謡であったか「恋はたのしや街に……」式の恋を歓喜し謳歌したものは殆んど見当たらない。恋とは異性に惹かれる心である。神が一つの人間を作って二つに分け、一方は男に、一方は女になって、爾来互に他の半身を求めて止まないのだという話もあるが、とに角、求める心、惹かれる心、一つになろうとする欲求が恋の心の姿であろう。そしてその対象がたやすく求められないところに、なげきやたゆとう心が生れて来るのである。又、言葉の上で見ると、例歌が示すように「……に恋ふ」と言う場合が大部分で「……を恋ふ」と言った場合は人間以外の自然物や対象に使われて居り、「に恋ふ」の中に「家」「古」「姿」「直香」等があるが、それらも相聞的関聯を持って家の人、古の人という感情で詠まれている。助詞「を」「に」の差は、前者が包括的広汎囲的であるのに対して、後者は直線的集中的であり、「君（妹）に恋ひ……」の「に」にその一途な求心的指向が強調されているのである。次に

「恋」を修飾している形容詞を見ると、カラキ、イタキ、スベモナキ、シゲキ、マナキ、アトナキ、シルシナキ、フタツナキ（ケヌベキ）等でウレシキ、タノシキ等は一つもないのも注意される。

(7)今は吾は死なむよ吾妹逢はずして念ひわたれば安けくもなし（⑫二八六九）

(8)世の中の苦しきものにありけらく恋にたへずて死ぬべく思へば（④七三八、大伴坂上大嬢）

「安けくもなし」と詠んだ全用例がいずれも相聞歌であり、いかにその不安がたえがたい迄に苦しいものであったかは「死」と対置しているところにもうかがわれよう。万葉人が何を「苦し」と表現しているかその対象を調べると第一位が「恋」で三十四例、ついで死、別の六例、旅の三例、其の他、降る雨、暮れる日、やみの夜、独り子、田の番、等である。生活を「苦し」とよんだのは流石に憶良に一首（すべもなく苦しくあれば出ではしり去なと思へど子らにさやりぬ（⑤八九九））があるだけである。

(9)早行きて何時しか君を相見むと念ひし情今ぞなぎぬる（⑪二五七九）

(10)明日よりは恋ひつつあらむこよひだに早く宵より紐解け我妹（⑫三一一九）

(11)相見ては恋慰むと人はいへど見て後にぞも恋ひまさりける（⑪二五六七）

(9)は恋の苦しい思いも逢い得た今は幾分和らいだというのである。君とあるから女の作と見てよい。諸注は当時の婚姻慣習からこれは男の立場らしいとか、君は女のことだろうと言っているが「人言をしげみ言痛みおのが世にいまだ渡らぬ朝川渡る」（②一一六）の歌も但馬皇女が穂積皇子を思慕してひそかに朝の川を渡られたのであって、女が男の許に行くことも絶無ではないのである。⑽は相逢っている時から、既に別れた明日からの心痛を心に抱いているのである。⑾は相逢えば苦しい思いは慰め和らげられると世間では言うけれども、自分は逢ってかえってひどく切なく恋い思うようになったと言うのであって、これは何時も変らぬ恋する者の普遍的感情の一つであろう。

⑿萱草わが紐に著く時となく思ひわたれば生けりともなし（⑫三〇六〇）

⒀和歌の浦に袖さへぬれて忘貝拾へど妹は忘らえなくに（⑫三一七五）

恋は苦しい、この苦しい思いを忘れたい。そこに登場するのがこの「萱草」（わすれ草）であり「忘貝」である。それを身につけ、手に拾い持てば苦しい恋を忘れることが出来るという俗信によっているが、当人は真剣になってよんでいる。そして効果がないと「醜（しこ）の醜草言にしありけり」（④七二七）「恋忘貝言にしありけり」（⑦一一四九）と口だけ、名前だけだったとののしり歎かずにはいられないのである。「忘れな草」が貴ばれそれを相手にプレゼントしたり、まして「忘れちゃいやよ」式の方向の違った軽薄な恋はそれが一首の主題として歌われたものは万葉には見出せないのである。

⒁草枕旅に久しくなりぬれば汝をこそ思へな恋ひそ我妹（④六二二、佐伯東人）

⒂な思ひと君は言へども逢はむ時いつと知りてか吾が恋ひざらむ（②一四〇、依羅娘子）

⒃われゆ後生れむ人はわが如く恋する道にあひこすなゆめ（⑪二三七五）

⒁の「な恋ひそ我妹」はこんな恋の苦しさは自分一人で沢山だ、お前さんまで私をそんなに恋しく思わないでおくれと言うのであって、ここにも「僕（私）を愛してね」「忘れないでね」式の恋愛でない万葉人の恋の姿が見られる。そう言われても「ハイそうですか」ではすまされないというのが人麿の妻の歌⒂である。そして終には⒃の如くこんな苦しい恋は自分より後に生まれて来る人は決してするなよと悲痛な叫びをあげている歌さえ見出せるのである。

ではなぜかく迄に恋が苦しいものであったのか。易々と逢い得た様な歌を既に⑼に例示してしまったが、それ迄には幾多の障碍や難関があったのである。その第一は母であったようである。幼少から何もかも世話をしてくれた母であったが、恋の世話まではしてくれなかった。否、むしろ二人の間に横たわる障碍者としてよまれている。「たらちねの母が養ふ蚕の繭隠」（⑪二四九五、⑫二九九一、⑬三二五八）の序詞も蚕には児（子）がかけてあり、母の手中に養育され大切にされ、所謂箱入娘に虫のつかないよう監視の眼をくばっていた気配が感じとられるし、「人の親のをとめ子据ゑて守る」（⑪二三六〇）の句にもそれが分る。

⒄霊会はば相寝むものを小山田の鹿猪田守る如母し守らすも（⑫三〇〇〇）

(18)誰ぞこの吾がやどに来喚ぶたらちねの母にころばえもの思ふ吾を（⑪二五二七）

(19)たらちねの母に申さば君も我も逢ふとはなしに年は経ぬべし（⑪二五五七）

(20)たらちねの母に障らば徒にいましも吾もことのなるべき（⑪二五一七）

(18)は母から相手の男について、あんな男とつきあってと責め叱られ物思いしている最中に、折も折やって来て私の名を呼んでいるというのである。(19)は母に言えば反対にきまっているし、(20)は母と意見が衝突したら二人の間も成就出来まいから慎重に行動しようと言うので、当時如何に母が婚姻について絶対と言ってもよい発言権と力を持っていたかがわかるのである。母についで障碍になるのは他人である。「汝をと吾を人ぞさくなる」「人に知らゆな」「人に知らえじ」「人知りぬべみ」「人見てむかも」「人か障ふらん」等全部が恋の邪魔者としての他人を人と言っているのである。次いで目につくのが「人言」（他人の評判、噂）であり、「中言」（他人の中傷）であり、「横言」（横からの口出し）であり、「人目」（他人のせんさく好きな目）である。

それ等の例を一首ずつあげると、

(21)人言をしげみこちたみ逢はざりき心あるごとな思ひわが背（④五三八、高田女王）

(22)汝をと吾を人ぞさくなるいで吾が君人の中言聞きこすなゆめ（④六六〇、大伴坂上郎女）

(23)垣ほなす人の横言しげみかも逢はぬ日まねく月の経ぬらむ（⑨一七九三、思二娘子一作歌）

(24)心には燃えて思へどうつせみの人目をしげみ妹に逢はぬかも（⑫二九三二）

集中の「人言」二十八例中一例を除いて残り全部が恋の中傷の言葉の意であり、殆んどが「人言繁し」と熟した形で出て居り、しかも多くが女性の歌に使われているのは興味がある。

(25)吾が背子し遂げむと言はば人言は繁くありとも出でて逢はましを（④五三九）

これは男にもっと積極性があれば、そうした世の中傷も超越して私は逢いもしましょうにという女の強い語気の籠った歌である。恋の邪魔者としての他人を「人」と言った例は前にあげたが、又恋人である相手を指した「人」もある。

(26)敷島の大和の国に人二人ありとし思はば何かなげかむ（⑬三二四九）

この「人二人」の解釈は「あなたの様な御方が他にもう一人」の意であって、近代的に考えた「あなたと私とただ二人きり」の意ではないことに注意したい。

最後に恋のきっかけの段階には「名」がしばしば出て来る。即ち、女性が自分の名を男に明かすという事は恋を許す意を示し、従って当時の女性はなかなか易くは自分の名を男に告げ知らせなかったのである。「私、花子です。どうぞよろしく」と聞きもしないのに名告りをあげてくるようなのとは勝手が違うのである。そうした事から、男は女に「名を教えてください」「名が知りたい」と願い、女は「よくも知らない男に名を告げるわけには行きません」とことわり、一度教えた上は「決して他人には言っては駄目よ」と念を押し「親に知られては」と気をもむのである。そしてあげくは「名を言ったのにまああの人は」と男の心を歎き、やがては名の世間に立つのを惜しみ泣くと言った歌も詠まれるのである。

(27)みさご居る磯みに生ふる名のりその名は告らしてよ親は知るとも（③三六二）

(28)犬上の鳥籠の山なるいさや川いさとを聞こせ我が名告らすな（⑪二七一〇）

(29)隼人の名に負ふ夜声いちじろく吾が名は告りつ妻とたのませ（⑪二四九七）

以上で万葉の恋の姿の全貌を尽したわけでは決してない。思いつくままに歌を並べてその一斑を粗描して見たに過ぎない。

＊『萬葉詞林逍遙』（笠間書院、一九七七年十一月）から転載。一部表記を改めた。

紀貫之 ——日本文学のパイオニア

田中　登

はじめに

かかるに、今すべらぎの天の下しろしめすこと、四つのとき、九のかへりになむなりぬる。あまねき御慈しみの波、八洲のほかまで流れ、ひろき御恵みの蔭、筑波山の麓よりも繁くおはしまして、万の政をきこしめすいとま、もろもろのことを捨てたまはぬ余りに、古のことをも忘れじ、旧りにしことをも興したまふとて、今もみそなはし、後の世にも伝はれとて、延喜五年四月十八日に、大内記紀友則、御書所預紀貫之、前甲斐少目凡河内躬恒、右衛門府生壬生忠岑らに仰せられて、万葉集に入らぬ古き歌みづからのをも奉らしめ給ひてなむ。

右は、古今集仮名序の一節。これによれば、わが国初の勅撰和歌集たる古今集は、醍醐天皇の命により、延喜五年（九〇五）の成立と知られるが、過ぐる平成十七年（二〇〇五）は、古今集成立以後、実に千百年という、大きな節目に当たっていたことになる。

この文学史上まことに意義ある時を記念するために、和歌文学界や出版界、そして各地の美術館、博物館などが、さまざまな催し物を行ったことは、いまだ人々の記憶に新しいところであるが、ここでは、古今集の成立に当たって、四人の撰者の中でも、もっとも重要な役割を果たした、紀貫之の多彩な文学活動について紹介し、その意義について考えてみることにしたい。

貫之の生涯

貫之の生年は未詳。これほど歌人として名を馳せた人物でも、生涯卑官で終わった人については、記録がのこらないのが平安時代の常。研究者はおよそ貞観十三年（八七一）ごろの生まれかと推定するが、まずは穏当な説であろう。

父は古今集にも歌がのる望行。母は内教坊の伎女かという説もあるが、確かではない。ちなみに、貫之と同じ古今集の撰者である紀友則は、貫之のいとこに当たっている。

少青年期の貫之については不明な点が多いが、おそらく彼も若くして大学に学び、将来の役人生活に備えて、学問に励んだことと思われる。

貫之の名を一躍有名にしたのは、何といっても、古今集の撰者に選ばれたことであろう。この時、彼は仮名序にも記されているように御書所預であった。

古今集撰定後の貫之の経歴については、三十六人歌仙伝に詳しい。これは世に三十六歌仙と呼ばれる人々の伝記を、漢文で記したもの。

それによれば、延喜六年二月に越前権少掾、同七年二月に内膳天膳、同十年二月に少内記、同十三年四月に大内記へと昇進し、同十七年正月七日には、待望の従五位下に叙せられた。また、同月二十九日には、加賀介に任ぜられたが、これには貫之は不満があったらしく、愁訴して翌年二月に美濃介に移っており、この間の事情を伝える歌が、貫之集の巻九雑部に収められている。

かうぶり給はりて、加賀介になりて、美濃介に移らんと
申す間に、内の仰せにて、歌よませ給ふ奥に書ける
降る雪や花と咲きてはたのめけんなどかわが身のなりがてにする

いうまでもなく、「わが身の」のところに「美濃」が掛けられているのである。

美濃介解任後は、しばらく散位となって不遇をかこっていたようであるが、延長元年（九二三）には大監物、同七年九月には右京亮となり、さらに同八年正月には土佐守に任ぜられ、同地に赴任することとなったのである。

後にも触れる土佐日記によれば、貫之は任地で女児を亡くしたというが、この件については

虚構説もあり、日記の記事をそのまま伝記的な事実とするには、なお慎重な態度を要しよう。

貫之が土佐守の任を終え、都へ向けて出発したのは、後任者の島田公鑒の着任が遅れたのが原因で、承平四年（九三四）十二月二十一日のこととなった。以後、翌二月十六日に帰京するまでの船旅の様子については、土佐日記に詳しい。

帰京後の貫之は官途に恵まれず、猟官運動をして過ごす日々もあったようだが、天慶元年（九三八）ごろには朱雀院別当に補せられ、同三年二月には玄蕃頭にもなった。さらに天慶六年正月には従五位上に叙せられ、同八年三月木工権頭に任ぜられたが、これが貫之にとっての最終官職となった。

貫之の没年については、三十六人歌仙伝に従えば、天慶九年（九四六）ということになるが、「于時天慶八年冬十月　壬生忠岑撰」と記された和歌体十種に、貫之のことを「先師土州刺史」（亡くなった師匠である土佐守の意）と述べていることから、歌仙伝の伝える「同（天慶）九年卒」の「九年」を「九月」の誤写とみて、天慶八年九月を貫之の没年とする説が一時期行われたりしたこともある。

しかしながら、忠岑の和歌体十種には、その後、偽書説が濃厚になったこと、そしてさらに、近年紹介された異本三十六人歌仙伝には、問題の記事が「同（天慶）九年月日卒」とあって、「九年」がけっして「九月」の誤写ではないことも明らかになったので、貫之の没年は、やはり天慶九年のこととすべきであろう。仮に貫之が貞観十三年の生まれだとすれば、享年は七十六歳ということになる。

歌合への出詠

歌人たちが左右のグループに分かれ、互いに詠み合った歌の優劣を競う歌合は、九世紀の後半、古今集成立の直前から盛んになり始めたのだが、実のところ紀貫之の歌界デビューも、寛平五年（八九三）九月以前に催された寛平御時后宮歌合への出詠あたりとみられる。

夏の夜のふすかとすればほととぎす鳴くひと声に明くるしののめ

後の古今集では、夏の部に入れられた右の詠も、もとを正せば、寛平御時后宮歌合に出詠されたもので、そこでは恋の部に配されている。したがって、この歌は、ただ単に夏の夜の短さを歌い上げただけのものではなく、一夜を共にした女のもとを去らなければならない男の嘆きが、そこに詠み込まれているとみるべきであろう。

その後、貫之は寛平御時中宮歌合など、いくつかの歌合に出詠することになるが、特に延喜十三年（九一三）三月に行われた亭子院歌合の次の歌は、貫之一代の傑作として、後の評価もきわめて高いものである。

桜散る木の下風は寒からで空に知られぬ雪ぞ降りける

歌仙絵　紀貫之像（上に「桜散る…」の歌が見える）

落花を「空に知られぬ雪」と表現した、その発想が平安時代の人々には、きわめて新鮮なものとして迎えられたのであろう。

古今集の編纂

先にも見たように、延喜五年醍醐天皇の命によって、古今集は編まれたわけだが、このわが国初の勅撰和歌集撰進の事業は、かなり難航した模様で、その最終的な完成は延喜十三、四年ごろまで待たなければならなかったようである。

というのも、貫之ら四人の撰者たちは、ただ単に諸書から優れた歌を集めてくるというだけでは満足せず、集それ自体に一個の秩序だった体系を与え、そうすることによって、それを構成している一首一首の歌の価値とはまた別に、一つの大きな文芸的価値をそこに見出そうとしていたからである。

そのために、彼らは詞書（和歌がどのような事情から詠まれたのかを示す前書きの文章）の書式を整えたり、作者名の表記法を統一するのに苦心したのはもちろんのことながら、とりわけ一千余首の歌を、それぞれ詠まれたテーマにしたがって分類・配列するという作業には、大変な神経を使ったのである。

たとえば、巻一から六に収められた春夏秋冬、四季の部では、立春に始まって歳暮に至るまで、その間折々の景物（残雪・鶯・春野・柳・帰雁・梅・桜・藤・ほととぎす・風・七夕・月・虫・雁・鹿・萩・露・をみなへし・藤袴・薄・秋草・紅葉・菊・落葉・秋田・雪など）を詠み込んだ三百四十首余りの歌が、季節の推移にしたがって実に整然と並べられている。また巻十一から十五を形成する恋の部では、いまだ見ぬ人を恋い慕う初恋の歌から失恋の悲しみを述べた歌まで、恋愛の種々相がいわばその進行状態に沿って展開されるなど、その複雑にして精巧なこと、まことに驚嘆するばかりで、古今集撰者らによって創始されたこの構成法は、以後あらゆる勅撰集の規範にまでなったのである。

が、こうした古今集の成功も、ひとえに貫之の力によるところが大きかったというべきであろう。そのことは、古今集の仮名序に示された卓抜な理論と、後年彼が編むことになった新撰和歌四巻に見る細緻な構成法とに照らし合わせてみても、明らかなことである。

ちなみに、貫之の歌は古今集に百二首入っているが、これは集中第一位の歌数を誇るものである。

古今集仮名序の執筆

やまとうたは、人の心を種として、よろづの言の葉とぞなれりける。世の中にある人、ことわざ繁きものなれば、心に思ふことを、見るもの聞くものにつけて、いひ出せるものなり。花に鳴く鶯、水に住む蛙の声を聞けば、生きとし生けるもの、いづれか歌をよまざりける。力をも入れずして天地を動かし、目に見えぬ鬼神をもあはれと思はせ、男女の仲をもやはらげ、猛き武士の心をも慰むるは歌なり。

これは貫之の手になる仮名序の冒頭の部分。和歌は人の心を種としてできるもの、と貫之はいう。すべての出発点は人の心であって、人が心の中で思っていることを、花や鳥に託して表現したのが歌だ、と貫之は宣言する。

今、このことを、古今集の巻一春歌上に載る、そして後に藤原定家が百人一首に撰入して有名になった、次の歌を例にして説明してみよう。

初瀬にまうづるごとに宿りける人の家に、久しく宿らで、ほどへて後に至れりければ、かの家のあるじ「かくさだかになむ宿りはある」といひ出して侍りければ、そこにたてりける梅の花を折りてよめる

人はいさ心も知らずふるさとは花ぞ昔の香ににほひける

大和の長谷寺は平安時代多くの人々の崇敬を集めたところ。そこに貫之もしばしば訪れたが、そのたびに泊めてもらっていた家に、久しぶりに訪ねたところ、「このように宿はちゃんと用意してあるのに、ずいぶんお見限りだこと」と家の主。そこで、主に向かって貫之が詠んだの

が、この歌だということになる。

歌の意は、あなたは私を待っていてくれたというが、あてにならぬのは人の心、それでも庭の梅の花だけは、昔のままに咲き匂っていることですよ、といったもの。

この歌は、巻一の春の部に配されていて、一見梅を主題にして詠んだかのように見えるが、実際にはそうではなく、梅に託して、あるいは梅の花をダシにして、人の心のたのみがたさを詠んだものである。仮名序で「見るもの聞くものにつけて、いひ出す」と貫之がいっているのは、こうしたことを意味しよう。

このように、仮名序では、冒頭から和歌の本質と効用を説いた貫之であるが、そのほか、和歌の起源、和歌の歴史などについても言及しており、これがただ単に一歌集の序文に留まらず、わが国初の本格的歌論書として高く評価されているのも、けっして理由のないことではない。

屏風歌の制作

寝殿造りと呼ばれる平安貴族の邸宅は、現在の住宅と違って、一部屋一部屋がきわめて広く、そのため几帳や屏風などを配し、適当な広さに区切って使用していたが、その屏風にはしばしば四季折々の風景画が描かれ、また、絵の内容にふさわしい歌が書き添えられるのが、常であった。このように屏風の絵に賛として詠まれた歌を屏風歌という。

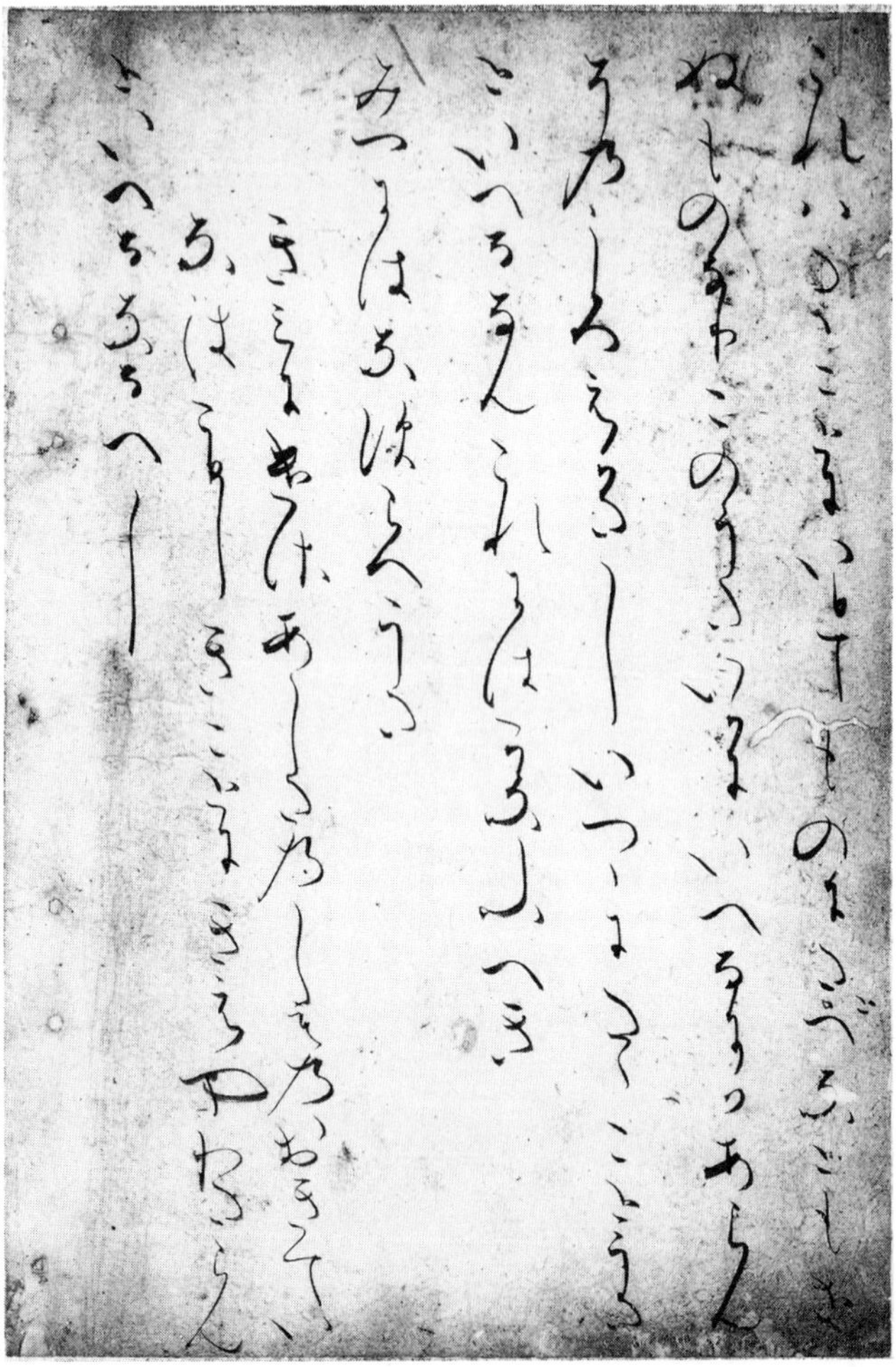

藤原俊成筆了佐切（古今集の仮名序の部分）

現存する貫之集は、九巻九百余首からなる大規模なものだが、その巻一から四までの前半部のすべてを、何とこうした屏風歌が占めている。その数ざっと五百首余り。屏風歌というのは、その性質上、歌人が自ら進んで詠むものではなく、権門貴紳からの依頼があって初めて詠むものだけに、ひとりの歌人がどれほどの屏風歌を詠んだのかは、そのまま当該歌人の生前における評価のバロメーターとなるものである。

貫之集は貫之自らが晩年期に編んだものだが、このように屏風歌歌人としての実績を前面に押し出しているところに、貫之の自負があるといえよう。ここでは、延喜六年（九〇六）醍醐天皇の勅命によって詠まれた一連の屏風歌の中から、「八月　駒迎え」の場面に詠まれた歌を紹介しておこう。

逢坂の関の清水に影見えて今やひくらん望月の駒

「駒迎え」とは、毎年八月諸国から献上された馬を、馬寮の役人が逢坂の関まで迎えに行く行事をいう。ここは今でいう長野県北佐久郡望月町から献上されてきた馬を歌うが、もちろん「望月」には、地名の「望月」と十五夜の「望月」とが掛けられている。「今やひくらん」と推量表現になっているのは、かつて馬を出迎える役を勤めたことのある役人が、都にいながら逢坂の関の行事の場面を思いやって詠んだ、という設定だからである。

新撰和歌の編纂

延長八年（九三〇）正月、貫之は土佐守に任ぜられたが、赴任直前に醍醐天皇より再び命が下り、今度は彼ひとりで撰集を編むことになった。しかしながら、下命者の醍醐天皇が同年九月二十二日に崩御してしまったので、ついに二度目の勅撰集撰者という栄誉は彼のもとから遠ざかり、その撰進作業も一旦は挫折するかに見えたのではあるが、任地の土佐で何とか形を整え、帰京後は真名（漢文）の序文も添えて、改めて世間に送り出すこととなった。これが新撰和歌四巻である。

貫之自らが草した序文によれば、所収歌は「花実相兼」（表現と内容ともに優れた）の「玄之又玄」（きわめて奥深い）なる歌ばかりで都合三百六十首。しかもすべての歌を、春と秋、夏と冬、賀と哀傷、恋と雑といったように、対偶形式に配するなど、古今集の配列法とはまた異なった、きわめて斬新な構成となっているが、これもたえず新しい方法を模索し、開拓し続けてきた貫之ならではの営為であったと評せよう。いずれにしても、この新撰和歌は、貫之晩年の和歌に対する好尚を窺い知る資料として和歌史上無視できないものがある。

なお、真名序で貫之が述べた花実相兼論は、後に藤原公任が新撰髄脳で「おおよそ歌は心ふかく姿きよげにて、心にをかしきあるをすぐれたるといふべし」と述べた心姿相具論へと展開していったという意味でも、歌論史上注目すべき作品といえよう。

土佐日記の執筆

土佐守の任を終え、承平四年（九三四）十二月二十一日に国府を立ち、翌二月十六日に京にたどり着くまでの船旅を記したのが、土佐日記である。

男もすなる日記といふものを、女もしてみんとてするなり。それの年の十二月の二十日余りの一日の日の戌の時に門出す。その由いささかにものに書きつく。

「男もすなる日記」とは、当時の男性貴族が記していた漢文の日記をいう。平安時代は故実典礼にはなはだやかましい社会であったから、後々の参考のために、一日の出来事をこと細かく日記に記していたのである。そのような日記というものを、「女もしてみんとてするなり」というのだから、この日記の作者は、男性官僚たる貫之ではなく、もと土佐守一行中のさる女性だという女性仮託が、ここではなされていることになる。

いったい、貫之はなにゆえに、かかる女性仮託を試みたのか。土佐日記には、亡児哀悼の記事や、和歌に関する論評記事などがしばしば見られるが、このような記事は漢文ではなかなか表現しにくい側面がある。だが、そうした事柄を漢文ではなく、仮名文で書くとすれば、当時の男性貴族の習俗に反することにもなろう。かくして、貫之は、女性仮託という大きなカケに

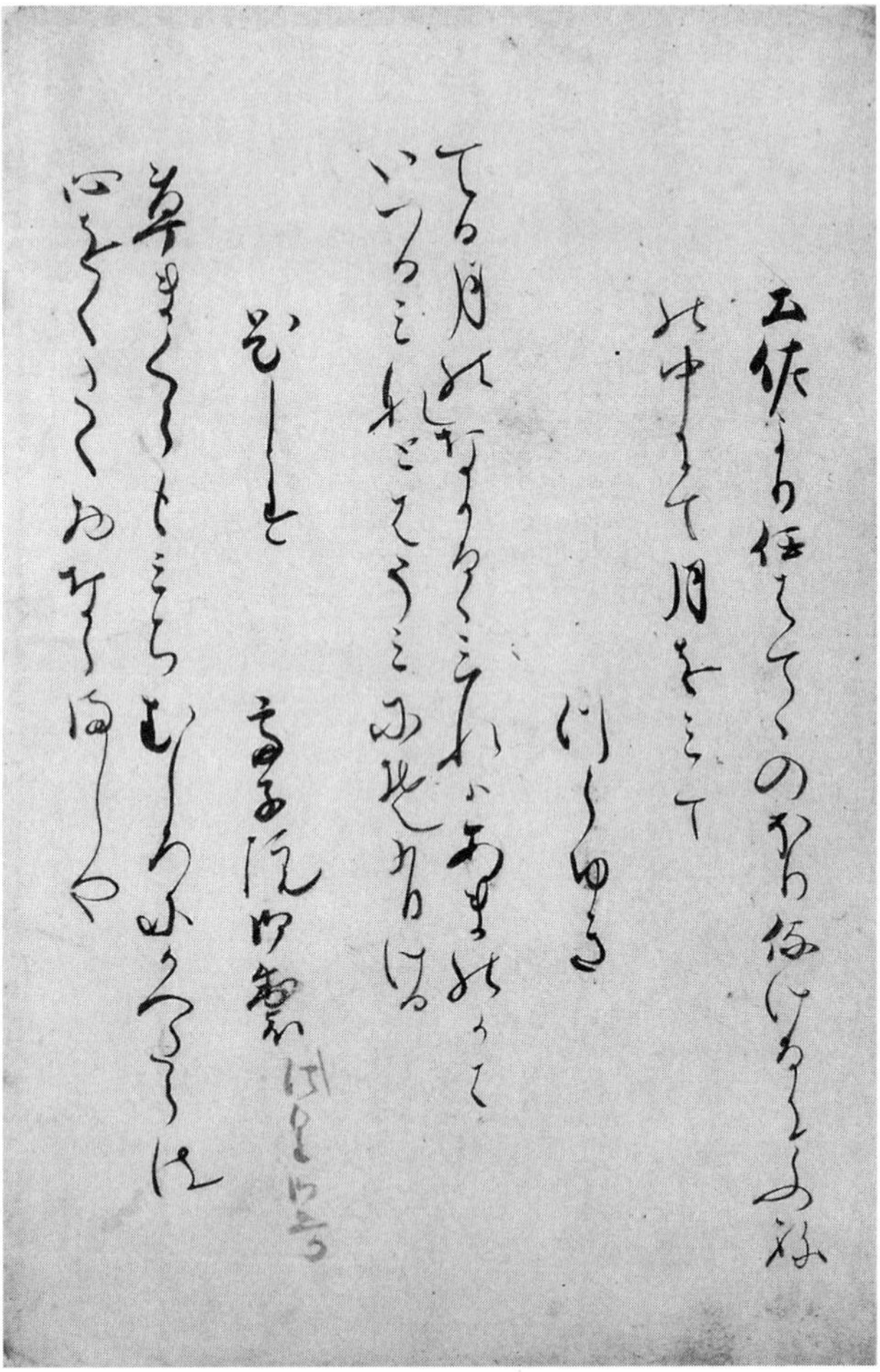

伝万里小路藤房筆道信切（後撰集の貫之歌の部分）

踏み切ることになったのである。

ここでは、承平五年正月十八日の条から、秀歌を一首挙げておこう。

影みれば波の底なるひさかたの空こぎわたる我ぞわびしき

一首は、海底に映った月の影を見ていると、海ならぬ大空を漕ぎわたる心地がして、まことにわびしく不安な気持ちにおそわれることだよ、の意。

貫之が、女性仮託という体裁で綴ったこの日記は、何よりもまず仮名で記された日記文学の創始として高く評価されてしかるべきものであるが、後に、道綱母があの蜻蛉日記を執筆することができたのも、この土佐日記に勇気づけられてのこととみるべきであろう。

おわりに

貫之が中心となって編まれた古今集の発想法や表現法は、以後多くの歌人たちによって規範として仰がれ、そうした傾向は、実に江戸の後期から明治にかけて隆盛を誇った、香川景樹を創始者とする桂園派にまで至ったのである。

だが、新時代になって、短歌の革新に燃える正岡子規が、「歌よみに与ふる書」の中で、

貫之は下手な歌よみにて、古今集はくだらぬ集にこれ有り候。

と断じて以来、その評価は一変し、古典和歌の世界では、完全にその地位を万葉集に取っ

て代わられてしまったのである。

そうした風潮は、太平洋戦争が終結するころまで続いたといって、おそらく間違いないと思われるが、しかし、戦後もおよそ二十年を経過したころから、古今集に対する再評価の機運が高まってくると、当然のことながら、それにつれて歌人貫之への人々の理解も、徐々にではあるが深まってきたのである。

冒頭にも述べたように、古今集成立千百年という記念すべき年を迎えた今こそ、伊勢物語や源氏物語とともに、その後の日本の文化にきわめて大きな影響を与えた古今集を、そして紀貫之という歌人を、われわれは今一度見直してみる必要があるのではなかろうか。

『源氏物語』女三の宮の結婚

――新たな「まもりめ」表現による創出

和田明美

1　はじめに

王朝貴族社会において父は、嫁ぐ娘の夫をどのような基準で選び、結婚に際していかなる悲願を抱いたのであろうか。日本の文献資料によると、「結婚」「婚嫁」の例は古代の『令集解』巻十の「凡結婚已定」や「凡男年十五、女年十三以上、聴二婚嫁一」（『戸令』）に見られ、皇族の結婚における公的規範も同右巻十七『継嗣令』を通してある程度推察可能である。

さて、『源氏物語』のなかで、皇族・貴顕との婚姻関係を祈願する父の典型が明石の入道であるとすれば、「後《うしろ》やすく」「頼もしき」後見人たるべき男との結婚に苦慮し、娘の「宿世」の「幸ひ」を祈念した人物は朱雀院と言える。そのことは、東宮に語った朱雀院の言葉に端的に表れている。「三の宮なむいはけなき齢《よはひ》にて、ただ一人を頼もしきものとならひて、うち捨ててむ後の世に漂ひさすらへむこと、いと後《うしろ》めたく悲しく侍る」（若菜上）。また心中思惟においても「皇女たちの世づきたる有様は、うたてあはあはしきやうにもあり」と、軽率な行動に基づく皇女の男女関係を批難しつつ女三の宮の将来を案じ、「女は男に見ゆるにつけてこそ、悔しげなる事も、めざましき思ひもおのづからうちまじるわざなめれ」（同右）と結婚相手（男）によって定められる女の宿運の拙さを嘆いている。

「若菜上」巻の冒頭は、朱雀院の心を占有する出家願望とともに、自己以外に後ろ盾たるべき人物のいない女三の宮の将来を危惧する表現によって書き起こされる。とりわけ本巻冒頭より朱雀院が繰り返し使用する「後《うしろ》めたし」は、「後やすき」後見人探しの基盤となり、「誰を頼む蔭にてものし給はんとすらむ」（若菜上）との憂慮は、「頼む」に値する「蔭」としての婿を求める願望へと連なるのである。朱雀院にとって、幼くして母藤壺女御（「ものはかなき更衣腹」）を喪った女三の宮は、「すぐれてかなしきものに思ひかしづく」（若菜上）鍾愛の内親王であった。「かなし」は物語中二九五例認められるが、「すぐれて」を冠する「かなし」は当該のみであり、これによって父朱雀院の比類なき愛惜・溺愛ぶりを察することも可能である。また、生来病弱な朱雀院は、六条院への行幸後「もの心細く思しめされ」（同右）、従前にも増して出家願望を募らせるのであるが、その「絆《ほだし》」となったのも「四ところおはしましける」女宮たちの一人・女三の宮（十三～十四歳）であった。実際女三の宮は、父の目にも「若く何心なき御有様」「いはけなき内親王」（若菜上）と見え、乳母も姫宮を「あさましくおぼつかなく心もとなく」のみ拝している。朱雀院はまず、十八歳の夕霧を「姫宮の御後見《うしろみ》にこれをやと、人知れず思しより」（若菜上）、やがて女房や乳母らの進言を受け、光源氏が紫の上を理想通りの女性に育てたことを想起しながら、「この宮を預かりてはぐくまん人もがな」（同右）との悲願を抱くようになる。東宮の助言「かの六条院（源氏）にこそ、親ざまに譲り聞こえさせ給はめ」（同右）に従い、ついには螢兵部卿宮や藤大納言、柏木や帝をも排して光源氏に託すべく内意をうかがうのである。

朱雀院に対する光源氏の奏上は、「すべて女の御ためには、様々まことの御後見とすべきものは、なほさるべき筋に契りをかはし、え避らぬことにはぐくみ聞こゆる御まもりめ侍るなん、後《うしろ》やすかるべきことに侍るを…忍びてさるべき御預かりを定めおかせ給ふべきになむ侍《はべ》なる」（若菜上）という当為に基づく教唆であり、これを受けての朱雀院の言葉もまた、心の内に婿と定めた源氏への哀訴であった。「このいはけなき内親王ひとり、とり分きてはぐくみ思して、さるべきよすがをも、御心に思し定めて預け給へと聞こえまほしきを」（同右）。つまり、『源氏物語』における皇女・女三の宮の結婚は、「預かりてはぐくまん人」あるいは「とり分きてはぐくみ思す」後見人に対して、「親ざまに譲り」「預く」ことに他ならず、「逢ふ」「見ゆ」「見る」「後《うしろ》見る（後見）」「後《うしろ》む」「かしづく」「通ふ」「住む」「嫁《とつ》ぐ」「迎ふ」

「よばふ」等の語によって表現される結婚や男女関係とは様相を異にしているのである。

ところで、平安文学における「婚姻語」ないしは結婚・婚姻関係を表す動詞は、一般に「通ふ」「住む」「迎ふ」「渡す」「据う」「かしづく」等とされている。木村佳織「『源氏物語』の婚姻と内親王降嫁の持つ意味」は、「譲る」対象がすべて光源氏である一方で、「預け」「預かる」人物は女三の宮に集中していること、さらには女三の宮を「親ざま」に「譲る」唯一の対象が光源氏であるのに対して、「預く」相手は当時の公的規範に則った「さるべき人」であり、源氏はその内の一人に過ぎないことを力説している（『人物で読む『源氏物語』第六巻―紫の上』勉誠出版二〇〇五年六月）。他方、加藤洋介「『後見』攷―源氏物語論のために―」は、「女三宮の婿選びの過程では、その相手は一貫して『後見』と呼ばれている」事実とともに、「結婚によって新たな『後見』を獲得することで、姫君たちがそれまでの生活上の不遇から解放される」ことを指摘している（『名古屋大学国語国文学』第六十三号一九八八年十二月）。この論を受けた三角洋一「光源氏と後見」は、『源氏物語』第二部の始発を光源氏が「出家する朱雀院から女三の宮の後見を依託される」箇所に求めた上で、主として第一部を締め括る「藤裏葉」巻までの「源氏をめぐる後見関係」について捉え直している（『国語と国文学』第九百三号一九九九年四月）。なかでも高木和子『源氏物語の思考』（風間書房二〇〇二年三月二〇三～二二二頁）は、物語中の「後見」表現に依拠しつつ、「藤壺ゆかりの人としての女三の宮への関心」の根底に潜む「政治の論理」と「光源氏の恋の物語」との相関関係について論じている。しかも、「光源氏が『後見』を決意した女、あるいは『後見』した女」（末摘花・紫の上・藤壺・斎宮の女御・女三の宮）を特定し、「光源氏の『後見』する女はいずれも王統の者であった」ことを明言しているのである。

小稿は、これらの「婚姻語」論や「後見」論を踏まえながら、「はぐくむ」結婚（女三の宮降嫁）の真相に迫ろうとするものである。即ち、光源氏は、女三の宮の「後見」の依頼に対しては「ことにこそは後見聞こえめ」と承知するものの、「ひとへに頼まれ奉るべき筋」の結婚については、「紫のゆかり」への好奇心をよそに辞退する。しかしながら、朱雀院の出家後、物語は源氏が降嫁を承引する方向へと転じていくのである。留意すべきは、光源氏が朱雀院を見舞った際に皇女の結婚について語った「はぐくみ聞こゆる御まもりめ」（若菜上）ではないだろうか。光源氏のこの言葉を受けた「とり分きてはぐくみ思して」は、朱雀院の切望であるとともに、「この宮を預かりてはぐくまん人もがな」という悲願を現実のものとするべく源氏に縋った言辞でもある。「はぐくみ聞こゆる御まもりめ」の真意を明確に把握することによって、女三の宮降嫁の内実や光源氏との関係性がより一層鮮明にされると考える所以である。

2 「はぐくむ」と「まもりめ」関連語について

「はぐくむ」の使用例は、特に女三の宮に集中している。この事実や「(御)まもりめ」表現の独自性を勘案しながら、平安和文の用例をも参照しつつ考察を進めたい。まず「はぐくむ」は、散文ではなく『万葉集』をはじめ『後拾遺集』『金葉集』等の和歌において少数ながら使用例を見る。〈グラフ1〉からも明らかなように、平安和文における使用例が少ない中で『源氏物語』には二十一例認められ、「はぐくむ＋動詞」三例「思ひはぐくむ」二例「はぐくみ」一例「御はぐくみ」二例を含めると二十九例になる。そのうち十一例(38％弱)は、女三の宮及びその関係者(女三の宮を含意する「女」や女房たち)に用いられたものである。特に〈表1〉を通して『源氏物語』における「はぐくむ」主体は光源氏、対象は女三の宮及びその関係者に集中していることが判然とする。「はぐくむ」の語源は《羽・くくむ》と捉えられ、大野晋他編『岩波古語辞典』が説くように、「親鳥が子を羽の下でかばい、育てる」、ないしは親鳥が羽で雛を包むようにか弱い対象を庇護し保護・愛護する行為の表現と見なされる。なかでも、『万葉集』の「はぐくむ」関連語は、主に親子や男女関係における庇護・愛護の表現として用いられている。

①旅人の宿りせむ野に霜降らばわが子羽ぐくめ天《あめ》の鶴群《たづむら》(九・一七九一)

〈グラフ1〉「はぐくむ」作品別用例数

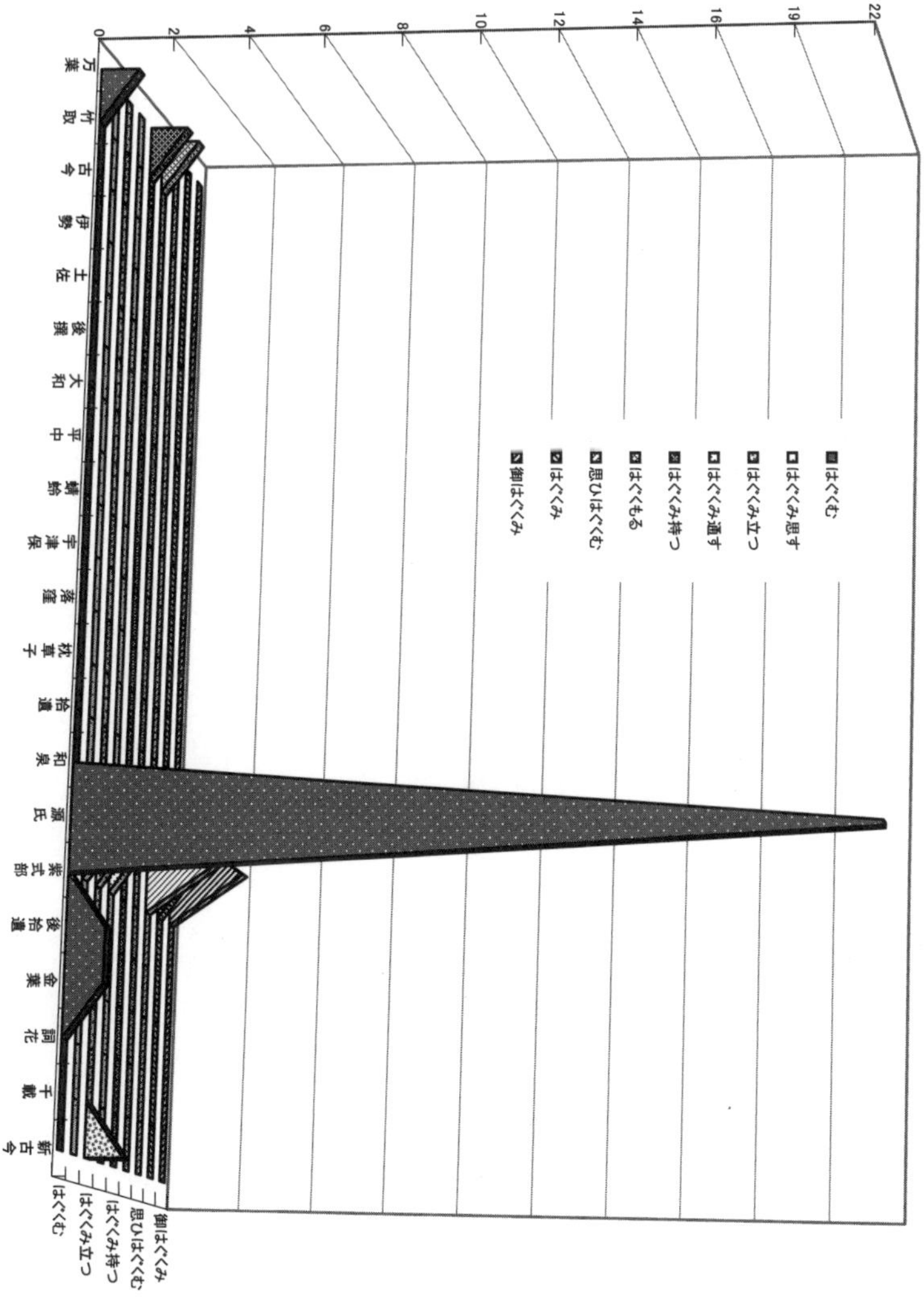

②大船に妹乗るものにあらませば羽ぐくみ持ちて行かましものを（一五・三五七九）

③武庫の浦の入江の渚鳥羽ぐくもる君を離れて恋に死ぬべし（一五・三五七八）

『源氏物語』に至ってもその語源は息づいており、むしろ愛情の有無に拘わらず、強きが弱きを庇護し保護・援護する表現として使用されている。即ち、【親子関係（紫の上と明石の姫君との継母継子関係・妹尼と浮舟との形代的母娘関係等の擬似的関係を含む）】が十例と最も多い。特に、父から娘に対する四例中三例は八の宮→宇治の中君・大君父子が占め、母亡き娘を思う点や出家が関与している点において朱雀院・女三の宮父娘との類似性が指摘される。しかし、女三の宮を「はぐくむ」主体もしくはその行為を希求される主体は光源氏であって父朱雀院ではない。さらに【男女関係・結婚】六例（源氏→女三の宮関係五例・源氏→末摘花一例）、【擬似的男女関係を含む準親子関係】四例（源氏→玉鬘三例・源氏→秋好中宮一例）等の例は『万葉集』の表現にもまして鮮やかな生彩を放っている。その他『源氏物語』においては、【男女関係にある女方の女房・遺族関係（死後・出家後）】三例（源氏→女三の宮付きの女房ら・源氏→夕顔付きの右近・薫→浮舟の遺族）、【親族関係（親子以外）】三例（紫の上→匂宮・大宮→雲居雁・紫の上→女三の宮）、【親亡き後の女房らと源氏の関係】二例（更衣死後の宮中女房たち→源氏・更衣と桐壺帝死後の源典侍→源氏）【神仏の加護】一例（長谷観音→浮舟）等、主従関係に基づく庇護・加護・援助の例が認められる。このように、『万葉集』以降あまり使用されることのなかった「はぐくむ」が、『源

〈表1〉『源氏物語』の「はぐくむ」主体・対象表

対象＼主体		源氏（人）含	八の宮	薫	明石の入道	桐壺帝／更衣	紫の上	大宮	御息所	尼君	源典侍	宮中女房達	後見人	長谷観音	計
女三の宮関係	女三の宮	4					1								5
	女												1		1
	女房達	1													1
玉鬘関係	玉鬘	2													2
	幼い玉鬘	1													1
宇治姫君	大君中君		3												3
浮舟関係	浮舟									1				1	2
	浮舟遺族			1											1
明石一族	明石姫君						2								2
	明石の君				1										1
その他の女性	秋好中宮	1													1
	末摘花	1													1
	夕顔右近	1													1
	落葉宮								1						1
	雲井雁							1							1
男性	源氏					1					1	1			3
	夕霧	1													1
	匂宮						1								1
	計	12	3	1	1	1	4	1	1	1	1	1	1	1	29

氏物語』において再び表現力を獲得し生彩を放つとともに、使用対象を拡大しつつ本来の用法を越えた広がりを見せているのである。なお、広瀬英史「『源氏物語』における養育・世話の表現について―「かしづく」「後見る」「はぐくむ」「おほしたつ」を中心に―」は、『源氏物語』の用例から帰納しながら、養育に関する類義語の意義や用法の相違に言及し、「女三の宮は、保護やかばいだてをしてくれる『はぐくむ』人が必要」であることを説いている（『愛知大学国文学』第三十七号一九九八年三月）。

女三の宮降嫁前の「はぐくむ」の用例は逐次示してきたため、ここでは結婚後及び柏木との密通露見後、さらには出家後に用いられた女三の宮関係の「はぐくむ」関連語の例を記すに留める。

④この君をばいと心苦しく、幼からむ御むすめのやうに思ひはぐくみ奉り給ふ（夫・源氏）（若菜下）

⑤いつくしくかたじけなきものに思ひはぐくまむ人をおきて、（柏木との密通）かかる事はさらに類《たぐひ》あらじ（若菜下）

⑥そこらの女房の事ども、上下《かみしも》のはぐくみは、おしなべてわが御あつかひにてなむ急ぎ仕うまつらせ給ひける（鈴虫）

女三の宮にとって「はぐくむ」結婚は、朱雀院出家後の「後見」の延長線上にあった。従って、二語の使用状況を重ねながら、それらを併せて検討する方法が有効ではないかと考えられる。詳述は控えるが、「後見」と「はぐくむ」二語に関する『源氏物語』の巻別用例数を通して把握されることは次の二点である。第一に「後見」と「はぐくむ」の使用巻（状況）が相関・比例関係にあること、第二に女三の宮降嫁に関する若菜上巻において「はぐくむ」「後見」の用例数が顕著であり、若菜下巻がこれに続いている。

光源氏は、前述のように朱雀院に対して皇女・女三の宮を「はぐくみ聞こゆる御まもりめ」の必要性を説いた。しかもその言葉を媒介にしながら両者の会話は展開され、源氏は「預かりてはぐくまん人もがな」との朱雀院の悲願を達成する婿たるべく振舞うのである。結婚後も、その主旨に違うことなく、④「幼からむ御むすめのやうに思ひはぐくみ」、しかも六条院の正妻格の座にあった紫の上を降格させる形で、女三の宮を正妻として遇した。殊に皇女・女三の宮に「仕ふ」ことを誓い「かたじけなくとも、深き心にて後見《うしろみ》聞こえさせ侍らむ」と後見役を申し出る。光源氏は、乳母らの認識としての「おのらは仕うまつるとても、何ばかりの宮仕にかあらむ」や「ともかくもこの御こと〔源氏との結婚〕定まりたらば、仕うまつりよくなんあるべき」（若菜上）と一種同質の「仕うまつる」宮仕え意識を持つ公僕たるべく務めているのである。現に、出家後も女三の宮付きの女房たちに対する援助や庇護を怠ることはなく、⑥「わが御あつかひにてなむ急ぎ仕うまつらせ給ひける」のであった。つまり、光源氏は皇女に「仕へ」ることを前提にして、朱雀院から皇女を「預かり」「親ざまに譲り」受けた訳である。降嫁承引の際の源氏の言葉「仕うまつりさすことや侍らむ」（若菜上）は、通説の如く公僕的精神に基づいた表現であり、朱雀院から「預かりてはぐくみ」「とり分きてはぐくみ思す」ことを託され、「親ざまに譲り」受けた責務遂行への危惧の表出と言えよう。降嫁を承引するこの時点では、自己自身の怠慢や忠誠心の欠如に基づく危惧ではなく、高齢であるが故に抱く不安の吐露に他ならない。

しかし、光源氏と女三の宮が紡ぎ出す降嫁の物語は、庇護・保護の関係から脱却することのない結婚が内包する危うさのみならず、「近きまも（守）り」（公の近衛）として「仕ふ」べき光源氏が、女三の宮の「御まもりめ」たり得ないことを予感させつつ、柏木との密通・懐妊と不義の子薫出産、さらには出家という悲劇的顛末の描出を試みているのではないだろうか。何より作者が、他の作品には例のない「御まもりめ」という語を使用している事実に留意しなければなるまい。〈グラフ2〉の「まもる」関連語作品別用例数や他の平安和文による限り、「御まもりめ」の例は認められない。既存の「まもる（まぼる）」「まもり（まぼり）」関係の語や「近きまもり」等ではなく、平安時代の《動詞連用形＋め（目）》の言語体系に即しつつ、新たな語《まもり＋め（目）》を創り出すことによって、作者は斬新な表現の創造を試みたものと推察される。既に『万葉集』において使用され、平安和文では一般的であった《名詞＋め（目）》から成る「人目・外《よそ》目・夜《よ》目」等に加えて、『源氏物語』においては、「まもりめ」以外にも《動詞連用形＋め（目）》を構成要素とする「うちつけめ・逃げめ・見め」や、《体言相当

〈グラフ2〉「まもる」関連語作品別用例数

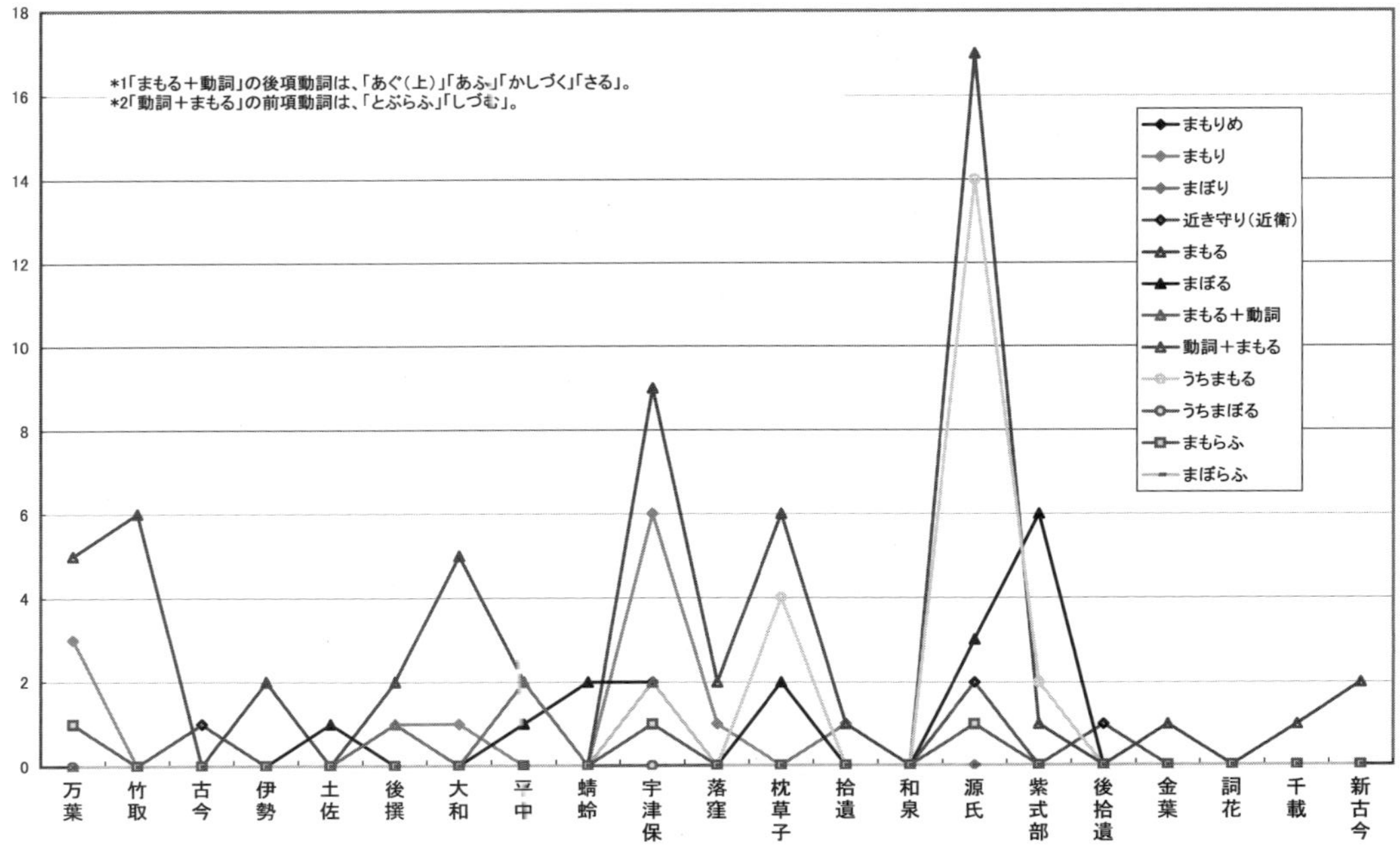

（名詞及び形容詞・形容動詞語幹）＋め（目）》から成る「傍目《かたはらめ》・後目《しりめ》・空目《そらめ》」「否目《いやめ》・遠目《とほめ》・弱目《よはめ》」等が存在する。しかも、それらの八割程度が、『源氏物語』独自であるか初出の語である事実は特筆に値する。これらの語は、作品の独創性や表現の斬新さの支盤となっていると見て大過あるまい。当該箇所の他にも一例、薫が浮舟と匂宮との密通を知った後に、浮舟の警護を強化する場面で⑦「まもりめ」が使用されている。とりわけ近衛大将である夕霧に戯れながら、我先にその膝の上を独占するべく争う幼い二の宮・三の宮（匂宮）や薫らの様子を眼前にする源氏が、「私の随身」と対比的に⑧「公《おほやけ》の御近き衛《まも》り」（主上の近衛）と表現している例は示唆的である。

⑦まもりめ添へなど、ことごとしくし給ひけるほどに、宮もいと忍びておはしましながら、
　え入らせ給はず…帰らせ給ひける（蜻蛉）

⑧公《おほやけ》の御近き衛《まも》りを、私《わたくし》の随身《ずいじん》に領《りやう》ぜむと争ひ給ふよ（横笛）

ただし、当該の「はぐくみ聞こゆるまもりめ」は単なる警備や番人の意ではない。「近衛」を「近きまもり」「近衛府」を「近きまもりのつかさ」と訓み表したことや、光源氏の「仕へまつる」意識を考慮に入れるならば、護衛に関与する人、もしくは近衛的な守護者に近似の表現と把握される。そもそも「まもる」自体、《目・守る》を原義とする動詞であり、対象から目を離すことなく護衛し見守る行為の表現なのである。「まもり」は、その原義を留める名詞

である。作者は、これに「近きまもり」を投影しつつ、新たな表現としての「(御)まもりめ」を創出したと考えられる。

女三の宮は、朱雀院が「いと口惜しく悲しきこと」を懸念し回避するべく策を講じた降嫁によって、むしろ「あはあはしく、人におとしめらるる宿世」(若菜上)を生きることになる。それは「うたてあはあはしきやうにもあり」との批判を受ける「皇女たちの世づきたるありさま」に他ならない。乳母らの抱いた「おのづから思ひの外《ほか》の事もおはしまし、軽々しき聞こえもあらむ時には、いかさまにかはわづらはしからむ」(若菜上)との危惧は、正に現実のものとなる。その結果、「漂ひさすらふ」運命に翻弄され、苦悩に満ちた女の「宿世」を生きることを余儀なくされるのである。

『源氏物語』の女三の宮降嫁をめぐる「若菜上」巻の表現の独自性は、「はぐくむ」「御まもりめ」等を用いつつ、「はぐくむ」結婚が内包する脆さ・危うさとともに、「御まもりめ」として皇女に「仕ふ」べき源氏が、近衛的「御まもりめ」としての責務を果たし得ないことによる関係性の崩壊と破綻を、入念な伏線を敷きつつ漸層的に叙している点に認められる。「はぐくみ聞こゆる御まもりめ」の意味の把握を通して、「親ざまに譲り」「預かる」対象としての皇女を「はぐくみ」、自らも「御まもりめ」の役割を提示しかつ嘱望された源氏が、「御まもりめ」としての任を全うし得ない事態が齎《もたら》す降嫁の顛末も俯瞰されるのである。

3　『継嗣令』と『源氏物語』に見る皇女の結婚　——女三の宮の婿選びの基準——

『継嗣令』によると、天皇の妃は内親王に限られ、皇女と臣下との婚姻は禁忌とされていた。「凡王娶二親王一、臣娶二五世王一者聴。唯五世王、不レ得レ娶二親王一」（『令集解』巻十七）。実際、内親王の臣下への降嫁は容認されず、史実に照らしても事例僅少のようである。また「皇女」たちの結婚についての叙述は、「若菜上」巻を中心に認められ、その多くは女三の宮の結婚もしくは降嫁に纏わる言辞である。

▼〈朱雀院の意向を左中弁に伝える乳母の言辞〉

ア皇女《みこ》たちは、独《ひと》りおはしますこそは、例のことなれど、さまざまにつけて心寄せたてまつり、何ごとにつけても御後見《うしろみ》し給ふ人あるは頼もしげなり…女はいと宿世定めがたくおはしますものなれば、よろづに嘆かしく（若菜上）

▼〈朱雀院の心中思惟〉

イ皇女たちの世づきたるありさまは、うたてあはあはしきやうにもあり、また高き際といへども、女は男に見ゆるにつけてこそ悔しげなる事もめざましき思ひもおのづからうちまじるわざなめれと、かつは心苦しく思ひ乱るるを（若菜上）

▼〈朱雀院の光源氏に対する言辞〉

ウいにしへの例《ためし》を聞き侍るにも、世を保つ盛りの皇女にだに、人を選びて、さるさまの事をし給へるたぐひ多かりけり。まして、かく、今はとこの世を離るる際にて、ことごとしく思ふべきにもあらねど（若菜上）

▼〈アと照応する落葉宮の母の言辞〉

エ皇女たちは、おぼろけのことならで、悪《あ》しくも良《よ》くも、かやうに世づき給ふことは、心にくからぬことなりと、古めき心には思ひ侍りしを（柏木）

なかでもア「皇女《みこ》たちは、独りおはしますこそは、例のことなれど」（若菜上）に関する阿部秋生・秋山虔・今井源衛校注・訳『日本古典文学全集』（小学館一九七四年二月）の頭注の記述は傾聴に値する。「藤原時代にはいって、天皇妃には藤原氏の娘が続々と上るようになり、いきおい内親王は、尊貴の身を持するため、独身を守ることが多くなった。史実の上でも桓武～花山朝（七八一～九八六）の間、計百六十余人の内親王のうち、有配偶者は、その一五パーセント、二十五人にすぎない。この言葉にはそうした時代の投影がみられる」（四巻23頁）。また本居宣長はウについて、「世を今たもち給ふ、当代の帝の姫宮にだに、御むこをえらびてとり給ふたぐひ、古もおほくあるを…帝の御女は、まづはうちまかせては、人には嫁し給はぬをよしとし、さる事あるをば、かろき事とするにつきて、かくはのたまへる也」（『源氏物語玉の小櫛』）と注している。いずれにせよ、当時「皇女」たちが独身を貫く風潮はア「例のこと」であるのみならず、軽薄な男女関係や結婚によって浮名を流すことは[イ]「うたてあはあはしきやうにもあり」[エ]「心にくからぬこと」として厳に戒められたのである。

『源氏物語』に登場する皇女十三人中、降嫁する皇女は源氏室女三の宮の他、左大臣室大宮・柏木室落葉宮・薫室女二の宮であるのに対して、入内した皇女は桐壺帝藤壺中宮・朱雀院帝藤壺女御・冷泉帝秋好中宮（准皇女）である。とりわけ、[I]父帝・父院による婿選び（嵯峨天皇皇女源潔姫→藤原良房等）[II]父帝崩御後、母等による許可（村上天皇盛子内親王→藤原顕光等）[III]私通後、正式に許可（醍醐天皇皇女韶子内親王→源清蔭等）[IV]事後承諾形態の私通（醍醐天皇皇女康子内親王→師輔等）」の四分類に基づく事例に照らしても、父裁可の内親王の降嫁の確例は『源氏物語』以前には皆無とされている（今井久代『源氏物語構造論―作中人物の動態をめぐって』中「皇女の結婚―女三の宮降嫁の呼びさますもの」風間書房二〇〇一年六月、並びに既出の木村佳織「『源氏物語』の婚姻と内親王降嫁の持つ意味」）。

光源氏は「藤裏葉」巻において歴史上例を見ない准太政天皇となる。また十月下旬には朱雀院を伴っての六条院への当帝の行幸の栄に浴すのであった。准太政天皇となった光源氏と朱雀院の皇女・女三の宮との結婚は、従って藤原良房に降嫁した嵯峨天皇の皇女源潔姫のように、「『継嗣令』の禁じた婚姻を、臣籍に降した源氏という抜け穴を使って実現させた」訳ではない。「史上の皇女降嫁はみな賜姓源氏であった」事実とも、「私通後とはいえ、事後承諾させた師輔と康子内親王の例」〈今井久代『源氏物語構造論―作中人物の動態をめぐって』風間書房二〇〇一年六月34~41頁〉とも異なっている。言わば『源氏物語』成立以前には歴史的に例のない父裁可の内親王降嫁を、物語において正当化し、かつリアリティーをも付与するべく構想上設定された「准太政天皇」への内親王の降嫁なのである。殊に「若菜上」巻においては、藤原氏台頭に起因する皇女の結婚の実情をも踏まえつつ、ウ「例《ためし》」に照らした婿選びが展開されるのであるが、父朱雀院の選定基準は、左記の⑨「うち捨ててむ後の世」に女三の宮が「漂ひさすらへむこと」への「後めたさ」に基づいており、その憂いを完全に払拭し得る「後やすさ」と「頼もしげさ」を兼備した後見人であることに置かれていた。独身の皇族でありながら、螢兵部卿宮が「いと頼もしげなくなんある」〈若菜上〉理由によって婿候補から除外される事実が、婿選びの公的基準のみならず当結婚の必須の条件を如実に物語っているのである。

▼女三の宮の結婚に際しての言辞〈朱雀院→東宮〉

⑨女は心より外《ほか》に、あはあはしく人におとしめらるる宿世あるなん、いと口惜しく悲しき…三の宮なむ、いはけなき齢《よはひ》に、ただ一人を頼もしきものとならひて、うち捨ててむ後の世に漂ひさすらへむこといと後《うしろ》めたく悲しく侍る〈若菜上〉

▼女三の宮の結婚に際しての宿世観〈乳母（朱雀院の代弁）→左中弁〉

⑩女はいと宿世定め難くおはしますものなれば、よろづに嘆かしく〈若菜上〉

▼女三の宮の後見選びに際しての男性観〈朱雀院の心中思惟〉

⑪女は男に見ゆるにつけてこそ、悔しげなる事も、めざましき思ひもおのづからうちまじるわざなめれ（若菜上）

▼女三の宮の宿世への危惧と憂慮〈朱雀院の心中思惟〉

⑫宿世などいふなることは知りがたきわざなれば、よろづに後《うしろ》めたくなん。すべて悪《あ》しくも良《よ》くも、さるべき人の心にゆるしおきたるままにて世の中を過ぐすは、宿世宿世にて、後の世に衰へある時も、みづからの過ちにはならず。あり経てこよなき幸ひあり（若菜上）

▼女三の宮降嫁に対する東宮の助言

⑬春宮「…かの六条院にこそ、親ざまに譲り聞こえさせ給はめ」（若菜上）

即ち、「すぐれてかなしき」愛娘を「預け」「譲る」対象は、⑨「あはあはしく人におとしめらるる宿世」からの回避を願い、女三の宮の⑨⑩⑫「宿世」に⑫「こよなき幸ひ」を齎す後見人としての基準に合致する人物でなければならなかった。最終的には螢兵部卿宮や夕霧・柏木等ではなく、⑬「親ざまに譲る」後見人たり得る光源氏とされたのである。否、源氏は単なる後見人ではなかった。女三の宮は、朱雀院ただ一人を⑨「頼もしきものとならひて」いるのであり、朱雀院出家後、寄るべなく「漂ひさすらへむことといと後めたく」思われる幼く「いはけなき」皇女であった。光源氏は、朱雀院にとって⑨⑫「後めたき」女三の宮を父親的に「はぐくむ」資質を具備した人物として、東宮さらには乳母らの信頼のもとに選び抜かれた男と言っても過言ではない。

『源氏物語』における皇女・女三の宮の結婚は、従って「預かりてはぐくまむ人」もしくは「とり分きてはぐくみ思す」後見人に対して、「親ざまに譲り」「預く」ことに他ならず、一般的な「逢ふ」「見る」「後む」「後見る」「後見」や「かしづく」「住む」等の語によって表現される結婚とは異なっていた。女三の宮の結婚の経緯は、父親的「御後見《うしろみ》（預かりてはぐくまん人、親に定めたる、親ざまに譲る）」探しなのであった。

ただし、左記の例オからもうかがわれるように、当初朱雀院にとっての候補者は年齢的にも人格の上でも公的承認を得るはずの夕霧であった。しかし、物語は例カが示唆するように源氏父子の人物像を対比しつつ双方の価値と魅力を描き分け、むしろ二十歳前の夕霧と四十近い光源氏を対比的に描写することによって、初老の域に達しても「似るものなく愛敬づき、なつかしくうつくしきことの並びなき」源氏像を鮮明にしている。否、この対比的表現は、四十歳にしてなお皇女・女三の宮の婿としての資質と男性的魅力を兼備した「若くきよら」で「なまめかしく人の親げなき」（若菜上）光源氏像をクローズアップさせるのである。結果的には、夕霧に対する源氏の対抗心を煽ることとなり、その顕現としての降嫁承引の言辞ク「深き心にて後見聞こえさせ侍らむに、おはします御蔭（朱雀院）にかはりては思されじを、ただ行く先短くて、仕うまつりさすことや侍らむと、疑はしき方のみなん心苦しく侍るべき」を導き出す上に効を奏している。

オ（夕霧は）二十《はたち》にもまだわづかなる程なれど、いとよく整ひ過ぐして、容貌《かたち》もさかりににほひて、いみじくきよらなるを、御目にとどめてうちまもらせ給ひつつ、このもてわづらはせ給ふ姫宮の御後見にこれをやなど、人知れず思し寄りけり（若菜上）

カ 老女房「いで、さりとも かの院〔源氏〕のかばかりにおはせし御有様には、（夕霧は）えなずらひ聞こえ給はざめり。（源氏は）いと目もあやにこそきよらにものし給ひしか」など言ひしろふを聞こしめして、朱雀院「まことに、かれはいと様ことなりし人ぞかし。今は、また、その世にもねびまさりて、光るとはこれを言ふべきにやと見ゆるにほひなん、いとど加はりにたる…似るものなく愛敬づき、なつかしくうつくしきことの並びなきこそ世にあり難けれ。何ごとにも前《さき》の世推しはかられて、めづらかなる人の有様なり…次々の子のおぼえのまさるなめりかし。まことにかしこき方の才《ざえ》、心用ゐなどは、これ（夕霧）もをささ劣るまじく…」（若菜上）

キ 弁「…院は、あやしきまで御心ながく、仮にても見そめ給へる人は、御心とまりたるをも、またさしも深からざりけるをも、〔女三の宮の源氏への降嫁〕方々〔紫の上〕につけて尋ねとり給ひつつ…御宿世ありて、もしさやうにおはしますやうもあらば、いみじき人と聞こゆとも、立ち並びておし立ち給ふこ

とはえあらじ」（若菜上）

ク 源氏「中納言〔夕霧〕の朝臣、まめやかなる方はいとよく仕うまつりぬべく侍るを、何ごともまだ浅くてたどり少なくこそ侍らめ。かたじけなくとも、深き心にて後見聞こえさせ侍らむに…ただ行く先短くて、仕うまつりさすことや侍らむと、疑はしき方のみなん心苦しく侍るべき」（若菜上）

4　むすび

「若菜上」巻では、皇女と臣下との婚姻を禁じた『継嗣令』や藤原氏台頭に起因する皇女の結婚の実情をも踏まえつつ、「例《ためし》」に照らした婿選びが展開されるのであるが、父朱雀院の婿選定基準は、「後やすく」「頼もしげ」な「御心ながき」後見人であることに置かれていた。「すぐれて悲しき」娘を「預け」「譲る」対象は、最終的には皇族の螢兵部卿宮や、夕霧・柏木等ではなく光源氏とされたのであった。朱雀院の源氏に対する哀願「このいはけなき内親王ひとり、とり分きてはぐくみ思して、さるべきよすがをも、御心に思し定めて預け給へと聞こえまほしきを」は、女三の宮降嫁を含意する表現以外の何ものでもない。しかも夕霧を引き合いに出すことにより息子への対抗心を煽る策をもって遂行され、また、光源氏が夕霧の未熟さや無分別に比して自らが優位に立つことを主張しつつ、「仕うまつりさす」ことへの憂慮を抱きながらも降嫁を承引する形式をとって、朱雀院の悲願は一時的な達成をみるのである。

一方、准太政天皇の位にあった光源氏にとって、女三の宮降嫁は一層の権勢強化をはかる布石となるはずの盛儀であり、かつ「紫のゆかり」に対する源氏の好奇心をも呼び覚ましたのであった。しかしながら、皇女を正妻として迎えることによって、栄華の極みにあった六条院内部の秩序は崩壊しはじめる。これを「六条院の崩壊」の危機と見るのが一般的であるが、物語の叙述に即して把握するならば、「六条院の春の町の秩序の崩壊」と捉えるべきではないかと考えられる。なぜなら、「六条院」の夏・秋・冬それぞれの町に住まう女君たちへの影響はさして認められないばかりか、「六条院」の権威自体を脅かす秩序の崩壊・瓦解を意図した叙述は、女三の宮降嫁に関する「若菜上」巻においては見出し難いからである。

何より源氏の愛に縋りながら生きた紫の上（「春の町」の主《あるじ》）は、「対《たい》の君」の呼称通り「春の町」の「東の対」で日々の暮らしを営み、「西の対」に居を構えた女三の宮のもとへ夜ごと源氏を送り出す身となった。女三の宮が正妻としての承認を得た後は、源氏がどのように弁明し処遇したにせよ、紫の上が正妻格の女君として公式に遇されることはなかったのである。紫の上は、懊悩しつつも「つれなくのみもてなす」が、源氏自身は「あはれなる御仲」（若菜上）に生じた亀裂の深刻さを認識し得ない。換言すれば、女三の宮の「内裏参りにも似ず、婿の大君といはんにも事違《たが》ふ」六条院「春の町」への「渡り」に端を発した、夫々の苦悩と悲哀が紡ぎ出されるのである。やがて、紫の上の重篤な病状に源氏は当惑する。それと相前後して、光源氏は若き日の過ちへの応報とも言うべき女三の宮と柏木との密通に驚愕し、戦慄をおぼえることになる。

女三の宮降嫁の物語は、「近き守り」（公の近衛）として皇女に「仕へ」ることを前提に朱雀院から「預かり」「親ざまに譲り」受けた光源氏が、女三の宮を「はぐくむ」行為や「後見」に徹しつつも真の「御まもりめ」たり得ないことに起因する柏木との密通・懐妊、さらには出家という悲劇的顛末を叙している。女三の宮は、朱雀院が懸念し回避するべく策を講じた降嫁によって、むしろ「あはあはしく、人におとしめらるる宿世」を生き、正に「うたてあはあはしきやうにもあり」と指弾される「皇女たちの世づきたるありさま」（若菜上）の具現者となる。「思ひの外《ほか》の事もおはしまし、軽々しき聞こえもあらむ時には」（若菜上）との乳母の危惧は逃れ難い現実となり、近侍者たちの対処の不手際とも相俟って、源氏と女三の宮との関係は重大な危機を孕む窮境に陥る。特に、父朱雀院が「うち捨ててむ後の世に漂ひさすらへむこと」への危惧に基づき、皇女の庇護と後見を託すべく厳選し、かつ「女は男に見ゆるにつけてこそ」との男女関係の「わざ」に照らして見極めた「頼もしげ」で「後やすき」男・光源氏との結婚こそが、「悔しげなる事」の根源的誘因となる背反性が鮮明にされるのである。悲劇的陥穽に身を委ね翻弄される女と男の生の結末は、光源氏にとっては若き日に犯した宿業への応報とも思われるものの、各人各様に苦渋に満ちた惨劇に他ならない。

かくて『源氏物語』の作品世界は、女三の宮を「はぐくむ」結婚が内包する脆さ・危うさとともに、「御まもりめ」として「仕ふ」ことを光源氏自身が公言しながらも、皇女の近衛的「御まもりめ」としての責務を遂行し得ず柏木との密通を引き起こした経緯と、それに起因する結婚の破綻を、漸層的手法による独自の表現を駆使しつつ冷徹な筆致で描出しているのである。

※『源氏物語』の用例は小学館『日本古典文学全集』により、他の文学作品は岩波書店『日本古典文学大系』、『令集解』は吉川弘文館『国史大系』によった。ただし、読解の便を考慮に入れて一部表記を改めた。

「歌学び」の系譜

日比野　浩信

1　日本古典文学の基盤としての「歌学」=「歌学び」

誤解を恐れずにいえば、全ての文学的所作は歌学によって支えられている。作歌のみならず、撰歌、和歌批評など、あらゆる和歌的所作には「歌学び」の必要がある。確かに、散文作品にも重要なものは少なくない。『源氏物語』や『枕草子』などは紛うことなき日本の文学を代表する、重要且つ優れた作品である。しかし、少なくとも紫式部も清少納言も歌人であった。『源氏物語』には約八百首もの和歌が詠まれており、引き歌として掲げられる和歌の数々は枚挙に暇がない。『枕草子』には詩歌にまつわるエピソードも多く、類聚的章段などは「歌枕書」の内容に匹敵する。共に和歌的素養無くしては書き得なかった作品であり、読者も和歌に対する理解無くしては読解さえも覚束ない。この和歌的素養を養うものは、「歌学び」に他ならない。

こうした「歌学び」をも歌学の範疇ととらえた場合、歌学なくして文学は成し得なかったといっても過言ではなかろう。歌学書などは、その著者の考えを示したものであるとともに、「歌学び」の具現化である。

文学のみならず日本の文化が、平安時代の和歌に代表される美意識を受け継いだものであることを思うに、「歌学び」の重要性が改めて認識され得るのである。

2 詠作と「歌学び」

説話などには、臨機応変・当意即妙な和歌の詠み振りを賞賛するようなものが少なくはない。しかし、それは誰にでもできたわけではない。だからこそ賞賛され、説話として語り継がれたのである。単に才能のみならず、相当な努力が要求されることであろう。もちろん天賦の才に恵まれた歌人もいたに違いない。しかし、それとて「歌学び」によって磨かれた才覚を最大限活かしてこそ、優れた和歌を詠むことができたのであり、決して無から有を生み出すことが出来たわけではないはずである。

しかし、和歌的素養を身に付けるための「歌学び」の実態というべきものは、具体的にはほとんど残されていない。

『枕草子』に、『古今和歌集』全二十巻を暗唱していた宣耀殿の女御のエピソードが紹介されている。ところが、この宣耀殿の女御の和歌的事跡は少なく、『宣耀殿瞿麦合』を主催している他、『大鏡』『玉葉和歌集』『万代和歌集』に同一歌が一首、『続古今和歌集』に一首の、わずかに二首が知られる程度である。この二首は、勅撰集に採られていることを理由に秀歌であると判断しておこう。しかし、華々しいエピソードを残している割に、伝存する歌が余りに少ない。そもそも詠出歌数が少なかったのかも知れないが、『古今和歌集』二十巻を全て暗唱していた才女でも、必ずしも優れた歌人であるとは限らないとさえいえるのかもしれない。

歌学と詠歌の関連としては、後代のことであるが、六条家の顕昭に対する評価などは興味深い。顕昭は、最も優れた歌学者の一人であること疑いないが、

顕昭こそ才学だてゆゝしかりしかども歌見えぬ者なれ。（『定家卿相語』）

あるいは、歌人寂蓮と比較して、

顕昭は大才の人なり。寂蓮は無才学の人なり。顕昭は歌の下手なり。寂蓮は上手なり。顕昭云、「歌はやすきものなりけるよ。寂蓮程無才学なれども、歌をばよくよむ」と云へりければ、又寂蓮云、「歌は大事のものなりけるよ。あれほど大才なれども歌は下手なりける」と云ひければ……（『兼載雑談』）

などと評されている。

歌学＝歌才というわけにはいかないようである。

『源氏物語』玉鬘巻には次のような一節がある。末摘花の歌に対しての批判の中での、光源氏の言葉である。

よろづの草子・歌枕、よう案内知り、見つくして、その中の言葉を取り出づるに、詠みつきたる筋こそ、つよく変らざるべけれ。常陸の親王の書きおきたまへりける紙屋紙の草子をこそ、見よとておこせたりしか、和歌の髄脳、いと所せく、病、さるべき心多かりしかば、もとより、おくれたる方の、いとゞ、中〳〵、動きすべくも見えざりしに、むつかしうて、かへしてき。

創作の物語とはいえ、「歌学び」の一端を垣間見ることができる。ここで言う「草子・歌枕」「髄脳」には、注釈にばらつきがあるが、「草子」は歌式や和歌髄脳の類、「歌枕」は歌語集成書、「髄脳」は奥義・枢要といった意味である。末摘花の「歌学び」は、いわゆる歌学書によっての「歌学び」だったようである。その一方で、「常陸の親王（末摘花の父）の書きおきたまへりける紙屋紙の草子」を、

などて返したまひけむ。書きとどめて、姫君（明石の姫君）にも見せたてまつりたまふべかりけるものを。

という紫の上に対して、光源氏は、

姫君の御学問に、いと用なからん。

と、その必要性をばっさり切り捨てている。もちろん、ここでの光源氏の言葉は、末摘花という人物への揶揄をも含むものであり、その点は差し引いて考える必要もあるが、書物を「ようの案内知り、見つくし」た末摘花の和歌は、批判の対象となっている。ともあれ、歌学書に学んで古臭い歌を詠む末摘花と、歌学書を否定した光源氏という、「歌学び」の方法の二対立が存する時代だったことは指摘できよう。

3 「和歌的言語感覚」の共有と変化

主要な歌学書の多くが編纂されたのは、特に院政期のことであるが、それらは主として『後拾遺和歌集』以前の和歌を対象としている。これらは既に学ぶべき「古典」と化していたのである。『古今和歌集』から約二百年、『拾遺和歌集』からおよそ百年。院政期には、日常語の言語感覚さえ変化を来たしていたであろう。歌学書で歌語注釈が行なわれねばならなかったのは、その言語感覚が共有されなくなったからにほかなるまい。

『後拾遺和歌集』の撰者は藤原通俊であるが、当時の歌壇には源経信や大江匡房といった、歌壇的閲歴・官位・年齢などの面から通俊を上回ると思われる人々がおり、通俊の抜擢には、不審の念を禁じ得なかったようである。『後拾遺和歌集』が奏覧されるや、経信は論難の書

『難後拾遺』を著した。勅撰集をさえも批判の対象とするような時代となったのであり、そこには歌そのものに対する意識さえ変化したことがうかがわれる。当然、和歌的言語感覚などは、大きく変化していたのである。

帰納的にみるに、『後拾遺和歌集』以前、『源氏物語』の書かれた『拾遺和歌集』時代は、和歌の古典化への過渡期であった。つまり、『古今和歌集』以来の「古典」としての和歌的言語感覚が、まだ一部共有されていたのである。もちろん歌会や歌合といった行事が盛んに行われるようになり、晴の場における和歌が詠まれるようになって、教養としての和歌が貴族にとって必須のものとなっていく。その一方で、和歌はまだ日常的な言語活動の一環だった時代でもあり、物心付いたころから、日常的に「歌学び」が行われていたのである。日常生活の中で和歌的言語感覚を共有し、和歌的素養を身に付けていったのであろう。

しかし、それとて環境によるものであり、日常の言語活動に和歌を取り入れることができていない環境においては、学びの機会に恵まれることなく、それでも必須の教養であるが故に、殊更に和歌を学ばねばならなかったはずである。当然、その環境に身を置いていた者とは、歴然とした差異が生じる。この差異が、先の光源氏と末摘花の「歌学び」のような二面性を生じさせたのであろう。

このような状況の中、日常的に和歌鍛錬のできる立場になかった者の求めに応じて歌学書などが作られたのであろう。全ての人々の間で、和歌的言語感覚が共有されていたとしたならば、殊更にその作歌法などを示す必要はなかったはずである。日常的な和歌鍛錬以外に、歌学書に依拠した「歌学び」も行われたのである。

そこで、次に、和歌意識が変化しつつあった『拾遺和歌集』時代の歌を包括し、また「歌学び」の変化が必然化した『後拾遺和歌集』を境として、平安貴族の一般的な教養としての「歌学び」の糧、すなわち、その「教科書」としての一面に重点を置いて、歌学書の様相を辿ってみよう。

4 歌学書の変遷――『後拾遺和歌集』時代以前

まず、古い時代の歌学書で現存する『歌経標式』『喜撰式』『孫姫式』『石見女式』などは、「式」とする書名の示すとおり、その中心は和歌の規則にある。歌体は、形式的歌体や内容別歌体に分けられるが、歌がほぼ短歌に限定され、歌の内容が多岐に及び、その上『古今和歌集』の部類意識が浸透するに至って、ほとんど実作には役に立たない。また、歌病などは、中国詩学の影響下、漢詩の韻律上の制約を和歌に当てはめようとしたものであり、根本的に無理がある。ただ、歌合などが盛んに行われるようになり、歌の勝負、特に負を決するための判断基準として、判詞の中で利用されている例が見受けられる。

これら「歌式」の中で、具体的な歌学の糧として見るべきものは、『喜撰式』の「神世異名」のような、歌語の列挙であろう。このような歌語集成は、古い歌語を用いるべきであるという、伝統の尊重といっても過言ではない。ただ、これらは後代の追加であり、『喜撰式』の原形にはなかった（『日本歌学大系』第壱巻　解題）ことから、古歌語集成にみられる伝統尊重の意識は、しばらく後、『能因歌枕』あたりにこそ明白に表出したものと見られよう。すなわち「式」の時代は、「詩学」の模倣に即した禁忌が歌学書の主流であった。和歌に特有の詞、歌語を散りばめることで、さほど作為的にならずに和歌を詠み出すことができた時代だったのであろう。和歌的言語感覚を共有していたからこそといえよう。

「唐歌」に対して「やまと歌」の意識を全面的に押し出したのは、いうまでもなく『古今和歌集』の撰者にして、その「仮名序」の執筆者でもある紀貫之である。『古今和歌集』仮名序は、和歌が公の場から追いやられて久しい後、勅撰という輝かしい栄誉とともに復権を果たした和歌における、「歌論」の嚆矢であり、漢詩と同等に和歌をとらえ、「やまとことば」によって認められたところも意義が大きい。以後、歌の共通認識として、永く享受されていく。更に、女性に仮託した仮名日記『土佐日記』には歌論的要素も色濃く、初学者に対する、状況に応じた和歌詠作の実例とも言うべき内容となっている。貫之は、歌人であると同時に、後世に至るまで「歌学び」の糧を与え続けている歌学者であるといえよう。

貫之から百年近くを経た『源氏物語』と同時代、「三舟の才」と謳われた藤原公任は、歌論史上最も重要視される歌学書『新撰髄脳』を編んだ。その歌論は、多くの先学によって論じられているので、ここでは触れないが、その中に、

是は皆人の知りたることなれども、まだはかぐしくもならはぬ人の為に粗かきおくなるべし。

という一文がある。「皆知りたること」は、公任の謙辞とも取れようが、よく知られていること、常識的な事柄との認識の一方で、これを未だ常識として認知できていない人々がいたことになり、そのような人の為の「歌学び」の糧として著されたのである。『源氏物語』にみられたような二面性がここでも看取できる。そして、

風吹けば沖つ白浪立田山よはにや君がひとりこゆらむ

是は貫之が歌の本にすべしといひけるなり。

のように、秀歌にせよ、禁忌にせよ、具体的な例歌の掲出があり、それを読み倣うことが「歌学び」の実態の一つであった。

公任には、他にも歌学書として『古今集註』『歌論義』『四条大納言歌枕』などがあった。諸書に引用されるその逸文からは、注釈・歌語集成などであったことがわかる。『新撰髄脳』の末尾に、

又歌枕貫之が書ける、又古詞、日本紀、國々の歌によみつべき所なんど、これらを見るべし。

とあるが、公任自身も「歌学び」の糧としての「見るべ」き書物を編纂していたのである。秀歌を例示しての和歌理論、注釈、歌語集成などは、その後、特に院政期に盛んに編纂された歌学書が、概ねこの公任の示した方向性と軌を一にしているのであり、その意味からは、公任の歌学は、以後の歌学の方向性を的確に示し得ているといえる。ただ、この時代は和歌的言語感覚の変化、「古典化」への過渡期であった。公任の歌学指向が後代に好んで受け入れられていったと考えることもできようが、むしろ時代的必然に応じて生じた指向であったからこそ、後代の歌学が類似した性質を持ち合わせたと考えるべきであろう。

5 歌学書の変遷――『後拾遺和歌集』時代以後

『後拾遺和歌集』以降の伝統からの脱却、すなわち新風和歌の興隆と、それに対する反駁としての伝統尊重。また、『堀河百首』の影響で、題詠、そして百首歌という詠歌法の本格的な定着。かつて『古今和歌集』仮名序で「人のこゝろをたねとして」「心におもふ事を」詠じた「やまとうた」は、その詠法を「作為」に変えたといえよう。このような動向は、「歌学び」をも盛んにし、特に院政期は、歌学は隆盛期を迎える。歌学書は、もちろんその著者の批判意識や自己表明の産物でもあろうが、やはり、「歌学び」の成果の一つであり、「歌学び」の糧として著され、享受されていった。

院政期の歌学書として、まず掲ぐべきは源俊頼の『俊頼髄脳』であろう。この『俊頼髄脳』は、質・量ともに、これまでの歌学書を凌駕している。始めに序があり、以下、歌体論・歌病論・本質論・題詠論・秀歌論・風体論・修辞法・歌枕・異名などが続き、後半は、故実や説話を踏まえての注釈に及ぶ。後の歌学書に比べれば雑然としてはいるものの、「総合歌学」といった感がある。その中で、歌体・歌病についての言及の中に、「歌学び」のあり方の一面を示し得ている文言がある。

歌の姿、病をさるべきこと、あまたの髄脳に見えたれども、き、とほく心かすかにして、伝へ聞かざらむ人はさとるべからざれば、まぢかき事の限りをこまかにしるし申すべし。

かつて歌は「伝え聞」いて「さとる」もの、しかるべき先達から習い教えられるものだった。しかし、それができなくなった。

あはれなるかなや、この道のめの前にうせぬる事を。としよりのみ一人このことをいとなみていたづらに年月を送れども、わが君もすさめ給はず、世の人もまたあはれぶともなし。

天皇が和歌を嗜み、世の人々が和歌に親しむ時代ではなくなった。心ある者は意図的に「学ぶ」必要があり、その拠り所の一つが、こうした歌学書だったことになろう。

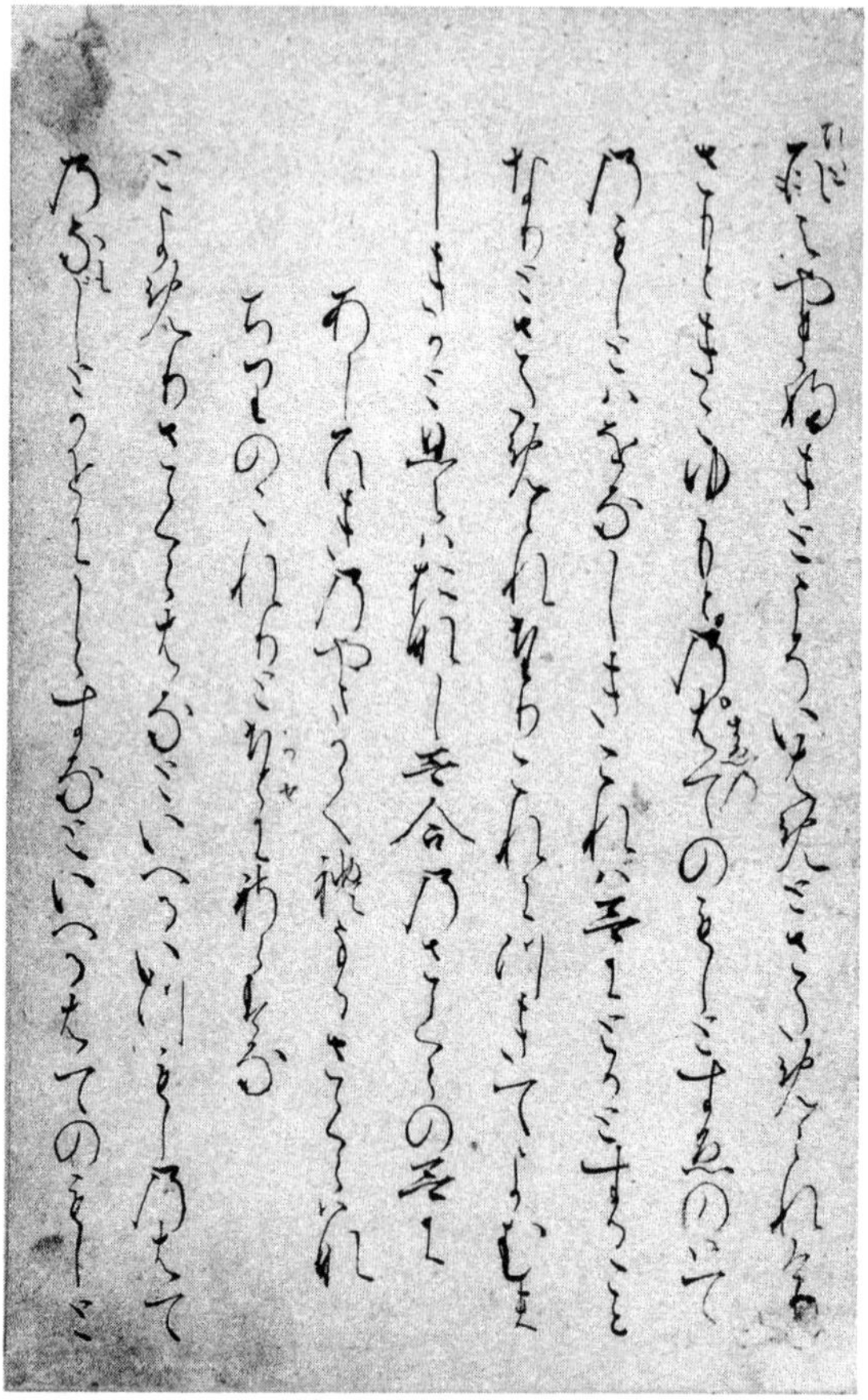

伝二条為氏筆俊頼髄脳切

歌学書が多様化していく中で、文献実証的方法ともいうべきスタイルを確立したのが、六条藤家の藤原清輔である。『奥義抄』は、既製歌学の集大成ともいうべき「式」部と、和歌注釈を記す「釈」部、まさに「奥義」というべき「灌頂巻」からなる。『袋草紙』は和歌会・歌合の作法や撰集故実、歌人の逸話など、豊富な資料・綿密な考証は、和歌研究資料として貴重である。他にも、書名の示す通り、初学者の「歌学び」の糧として広く用いられた『和歌初学抄』や、歌題によって和歌を分類する『和歌一字抄』があり、更には顕昭・経平とともに編んだ『和歌現在書目録』が伝存している。後代への影響も大きく、注釈・考証・集成・分類といった様々な方法で「歌学び」の糧を提供したといえよう。清輔は、その著述の全てをまとまった「総合歌学」と称してよいほどであり、史上最大の歌学者と評して憚りあるまい。

藤原範兼の『和歌童蒙抄』は、十巻から成る。巻十がやはり既成歌学の集成に当てられており、巻一から巻九までは和歌注釈であるが、いかにも漢学者らしく、漢籍の引用が多いことが大きな特色である。また、範兼が名所歌集の嚆矢ともいうべき『五代集歌枕』も編纂していることには注意しておきたい。『万葉集』と、『古今和歌集』以下『後拾遺和歌集』までの四勅撰集の歌枕（ここでは地名の意）を詠み込んだ和歌を掲出しているが、後の時代に至るまで、多くの類書を出現させている。従来のように単に歌枕のみを抜き出すのではなく、和歌一首を掲出することで、それに伴う表現を知ることができたのであり、歌語の一部であった歌枕が、和歌

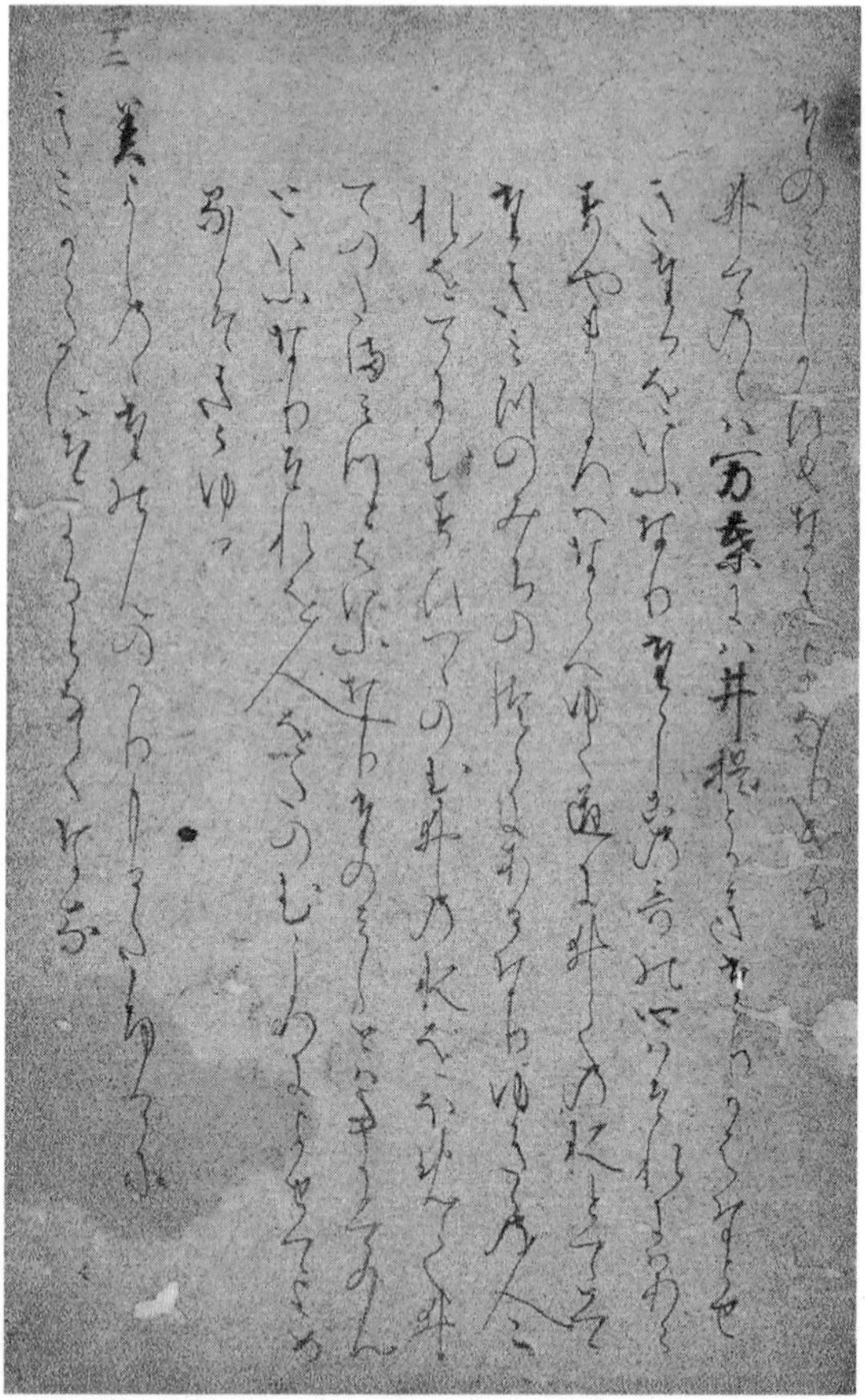

伝世尊寺経朝筆奥義抄切

表現の重要な要素を担うようになっていたことがわかるのである。

歌学書は大部化、総合化の傾向へと向かうと共に、注釈を不可欠とする時代となっていた。歌語が歌語としての機能を果たす以前に、その意味さえ不明確になってしまっていたのである。また、これらに共通する「式」的歌学というべき既成歌学が、古の歌学のいわば残留物であり、実践的ではないにもかかわらず院政期の歌学書に集成されるのは、和歌的教養としての必要性によるのであろう。「総合歌学」は「知識的歌学」と言い換えることができそうである。ここに、「歌学び」の本質が、和歌的言語感覚共有の時代から和歌的知識保有の時代へと推移していたことが看取できるのである。

ところで、『俊頼髄脳』は、関白藤原忠実の命により、その女高陽院泰子に奉られたもので、「歌学び」の糧として提供されたものであること疑いない。清輔や範兼の歌学書も多くが崇徳院や二条院などに献上されている。このことは、和歌的言語感覚の中心的環境にあったはずの、内裏に深く関わる人々でさえも、院政期には歌学書に依拠した「歌学び」を行う時代となっていたことを示唆するものであり、光源氏が紫の上に、歌学書などは「姫君の御学問に、いと用なからん」と言った時代とは、まさに隔世している。

さて、王朝和歌は鎌倉初期の『新古今和歌集』で開花する。『金葉和歌集』『詞花和歌集』という新風和歌の興隆。『千載和歌集』を経ての伝統への回帰。その『千載和歌集』の撰者にし

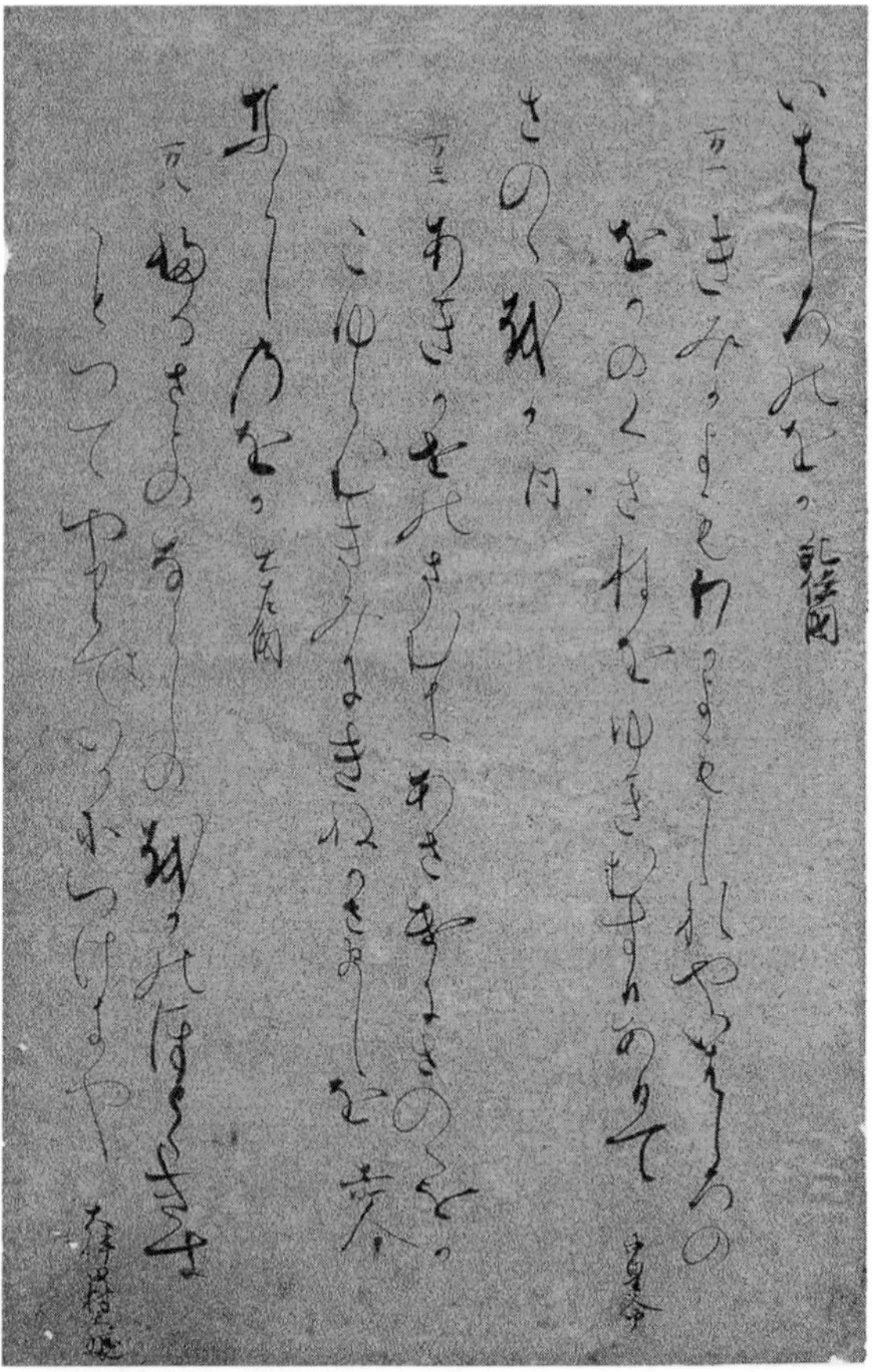

伝後深草院筆五代集歌枕切

て、総合的・知識的歌学とは異なる方向性を示したのが、御子左家の藤原俊成であった。式子内親王の依頼による『古来風躰抄』は、上巻では、和歌本質論や和歌史的叙述に続き、『万葉集』歌百九十一首を抄出、下巻は和歌表現の様相を記述し、『古今集』から『千載集』の歌を抄出する。『古今集』八十四首に対して『後拾遺抄』九十五首と、『万葉集』に次いで『後拾遺抄』を最も多く抄出しているのは興味深い。古典的和歌言語感覚を共有しつつ、革新的傾向の始発でもある『後拾遺和歌集』に重きを置いていることは、その和歌観を考える上で重要である。また、他の歌学書に多く行われた歌語注釈などは、所々に見られるに過ぎず、全体を通して和歌掲出に費やされていることは看過できない。後年、俊成の息定家は、『近代秀歌』(自筆本)の中で次のように述べている。

おろそかなる親のをしへとては、歌はひろく見、とほくきく道にあらず。心よりいでゝ、みづからさとる物也とばかりぞ、申し侍りしかど……

殊更に学ぶものではなく、「みづからさとる」ものであるというのであろうが、結果的には、和歌の歴史的変遷をたどりつつ、和歌を実際に味読することが、俊成の提示した「歌学び」だったといえようか。

鎌倉時代に入って、特に六条家の顕昭と御子左家の定家に注意すべきであろう。それぞれの家の意識もあるが、全く異なった立場と傾向が顕著である。顕昭は、兄清輔の文献実証的方法

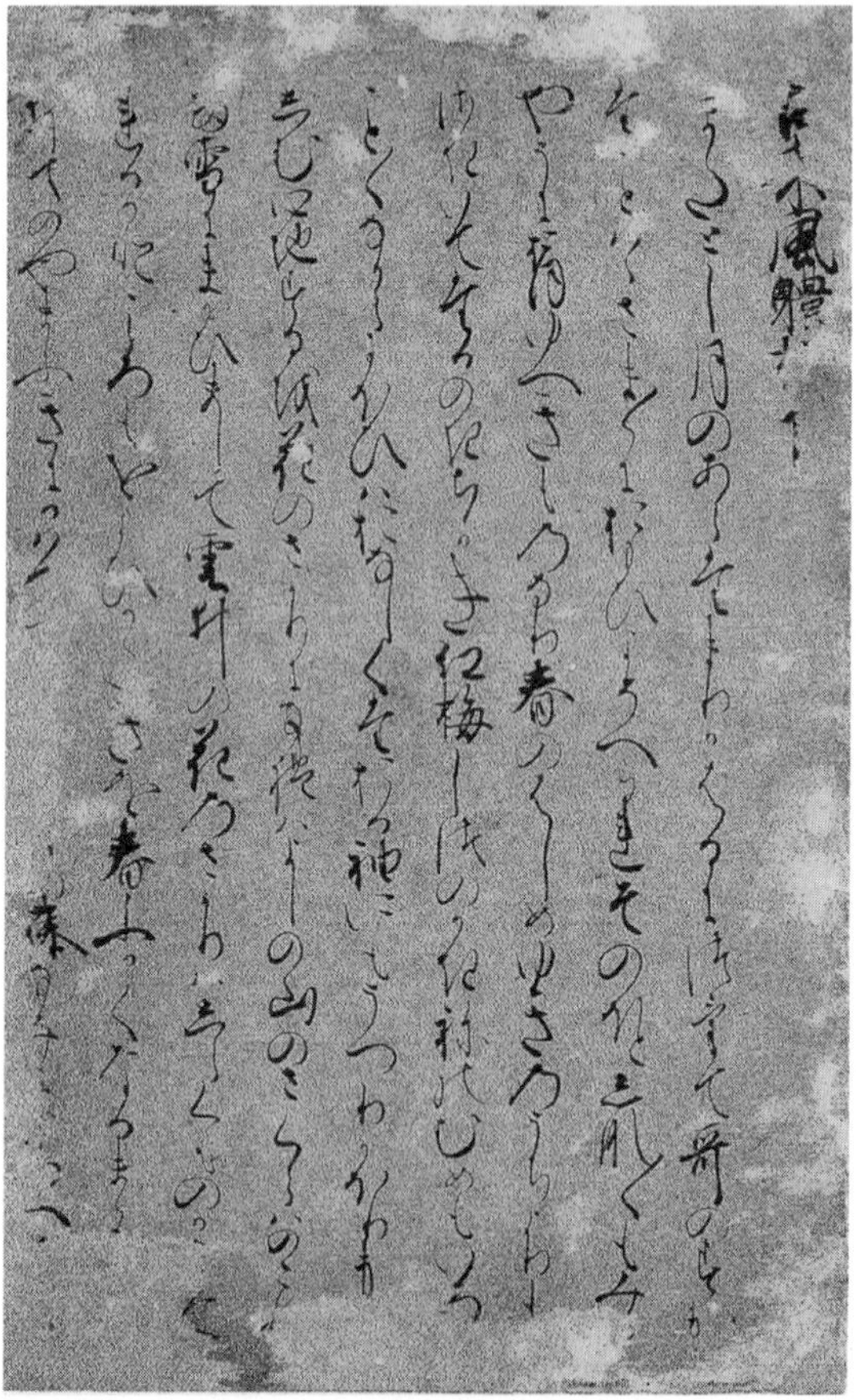

伝後光厳院筆古来風躰抄切

を徹底させ、定家は父俊成の鑑賞的立場を示す。

顕昭の歌学書は主として注釈と考証で、その傾向は、知識尊重の理知的歌学といえよう。『万葉集時代難事』や『袖中抄』のほか『古今集注』以下の歌集注釈書などがある。先にも述べたように、顕昭の和歌はといえば、高い評価を受けているとは言い難いが、歌学は高く評価され、徹底した文献実証的方法は、江戸時代の国学や、現代の文献学的方法に通じるものがあり、今に至るもその説が認められるものも少なくない。後世にも多大な影響を与えており、確実に鎌倉期以降の歌学の一方向を示すものである。

それに対して定家には、『三代集之間事』や『長歌短歌之説』といった考証、『僻案抄』や、顕昭の『古今集注』に定家が勘物を書き入れた『顕注密勘』といった注釈もあるが、『八代集秀逸』『詠歌大概』『秀歌大概』など、秀歌撰的歌学書も多く、その傾向は、美意識尊重の鑑賞・批判的歌学といえる。鎌倉将軍源実朝に送られた『近代秀歌』に、著名な文言がある。

詞は古きをしたひ、心は新しきを求め、及ばぬ高き姿をねがひて、寛平以往の歌にならはゞ、おのづからよろしきこともなどか侍らざらむ。

また、秀歌撰的歌学書での秀歌例の掲出という形式からもわかるように、父俊成が史的変遷を取り入れたのとは若干異なるが、定家の「歌学び」の方法は、やはり和歌そのものを読み倣うことにあったといえそうである。ただ、それらには詞書も作者もない。『源氏物語』の「蓬生」

巻には、

古歌とても、をかしきやうに選り出で、題をも、よみ人をもあらはし心得たるこそ見どころもありけれ、（しかし、末摘花は）うるはしき紙屋紙、陸奥国紙などのふくだめるに、古言どもの目馴れたるなどはいとすさまじげなるを、せめてながめたまふをりをりは、引きひろげたまふ。

（ ）内は稿者注

とあり、古歌であっても趣深く選ばれた、題や作者がわかっていて、意味のよくわかる歌には「見どころ」があるというのであるから、逆に言えば、後の定家の秀歌撰的歌学書のように、作者も詞書もない歌の掲出には、否定的であったことになる。ましてや、使い古された歌語の列挙などはいうまでもない。『源氏物語』の時代には、状況に応じた和歌を詠むことが求められていたのであり、二百年程を経た定家の時代には、和歌というものを詠み出すこと自体が目的になっていたとさえいえるのである。和歌が言語活動の一環であった時代と、和歌が日常語とはかけ離れた作為の文芸となっていた時代との相違といえよう。

ともあれ、俊成が『古来風躰抄』で、定家が秀歌撰的歌学書で辿り着いた「歌学び」とは、結局、秀歌を読んで自らが悟ることであり、悟り得た者が優れた歌人であったということになろうか。

ただ、定家の『近代秀歌』や『詠歌大概』のように小規模な秀歌撰的歌学書は、鎌倉時代に

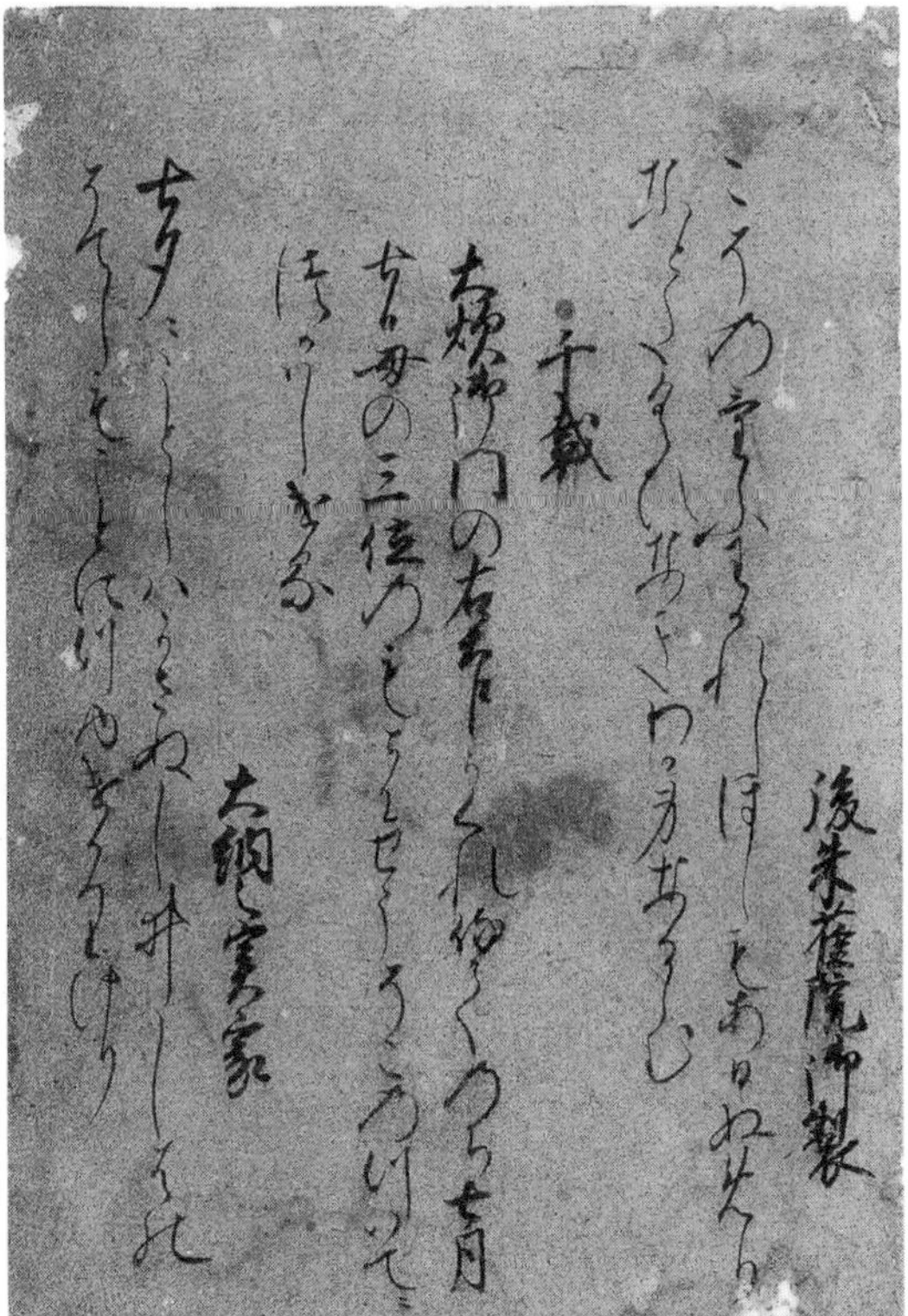

筆者未詳八代集部類抄切

は、思ったほど広く用いられていなかったようである。広く読まれていたならば、その物的証拠としての、古写本が少なからず現存していてもよかろうが、古筆切さえも、鎌倉期のものは稀であり、室町期に入ってからのものが多く確認できるようになる。鎌倉期にはまだまだ『古今和歌集』以下、典拠歌集そのものがよく読まれたのであろう。また、『定家八代抄』や『八代集部類抄』『撰集佳句部類』などの、より広い撰歌範囲の二次的撰集や、部類歌集などがよく読まれていたらしいことが古筆切の現存状況などから推察される。歌数の少ない、より限定された秀歌撰的歌学書が広く用いられるのは、更に古典歌集が人々の言語感覚から遠ざかってからの事、強いていえば、連歌という新興文芸が興隆期を迎えて、より文芸性を高めるために古典和歌を拠り所とした頃からであろう。

7　おわりに

歌学書を「歌学び」の糧として供出された「教科書」と見、「歌学び」の様相の変遷を垣間見てきた。かつては日常的な言語活動の一環として、褻・感覚的であった和歌は、文芸としての地位が高まるにつれ、また、時代の経過に伴って言語感覚が変化することで、共有されていた和歌的言語感覚が希薄になるにつれ、晴・意識的へと移行していった。和歌の変遷は、歌学書に反映されている。『古今和歌集』仮名序に、やまとうたは、人のこゝろをたねとして、よろづのことのはとぞなれりける。よの中にあるひとことわざしげきものなれば、心におもふ事を、みるものきくものにつけていひいだせるなり。

という。元来、和歌には心を言葉として表出するという、口をついて出るような自然さがあった。和歌は言語活動の一環であり、そこに意図を反映させることこそが重要であったのである。しかし、時代が下るに従って、言語活動と和歌は分離し、文芸として作為的に和歌そのものを作り出さねばならなくなっていった。求めるものが自ずと異なってきたのである。結果、「歌学び」の方法・様相は変化を余儀なくされた。

「歌学び」は、いわば、生活環境の中で教え伝えられる慣習的「歌学び」から、歌学書などに依拠しての知識的「歌学び」へ、そして和歌を読むことによって悟る体得的「歌学び」へと変遷を辿っていったといえるのではなかろうか。

戦国時代の蒲郡の文芸

――連歌『西ノ郡千句』の世界

沢井耐三

愛知大学に勤めて三十年以上にもなると、殆ど毎年のように開催される蒲郡の市民講座では、ずいぶん幾度も演壇に立ってお話をさせて頂いた。上代と近代はさておき、平安時代の『源氏物語』や『今昔物語集』、中世の『平家物語』、『とはずがたり』、近世の近松門左衛門など、日本古典文学を代表する作品の数々を取り上げ、我ながら大風呂敷を広げたという気はずかしさも感じるけれど、いつも熱心に聴いて頂けたことに対して、喜び以上に感謝の思いを禁じえない。この市民講座を通じて、逆に私自身がいろいろと勉強させて頂いたという気持ちが強い。

今年、市民講座二十五周年を記念して、論集のようなものを編むという企画が持ち上がったとき、こんな具合で、とてもテーマを絞りきれないと感じた。『平家』か『近松』か、はたまた『今昔』か『お伽草子』か、あれこれ迷っているうちに、荏苒《じんぜん》、時間を過ごし、大慌てで決めなければならなくなった。しかし、『源氏物語』をはじめ右にみたような作品は、実のところ既にたくさんの研究書、解説書が出ている。図書館でも本屋さんでも汗牛充棟《かんぎゅうじゅうとう》のありさまで、いまさらながら私が目新しいことを論じることは至難のわざである。こういった有名な古典作品はそれぞれの専門家におまかせして、私は蒲郡に関係のある、それでいて、これからもっと注目されてもよいと思われるものを取り上げて、今回の責を果たそうと思う。ちょっともったいぶった言い方で恐縮であるが、それは戦国時代、蒲郡で詠まれた『西ノ郡千句』という連歌作品である。作品自体は既に翻刻されているが、ここでは、「千句」のうち現存する第四百韻を一句ずつを読みながら、当時の人々がここにどのような思いを籠めたのか、具体的に見ていくことにしたい。

★

蒲郡で『西ノ郡千句』という連歌が詠まれたのは天文十三年（一五四四）閏十一月のことであった。その頃の三河地方は、東の今川義元、西の織田信秀の勢力がぶつかり合って、牧野、戸田、松平、吉良など在地の武士の間で激しい闘争が繰り広げられていた。織田信長が信秀の跡をうけて登場してくる少し前の時期である。蒲郡の主たる領主は鵜殿《うどの》氏で、そのときの上ノ郷城主（蒲郡市神ノ郷町）は鵜殿長持、下ノ郷城主（蒲郡市上本町）は鵜殿玄長《はるなが》、柏原城主（蒲郡市柏原町）は鵜殿長忠であった。

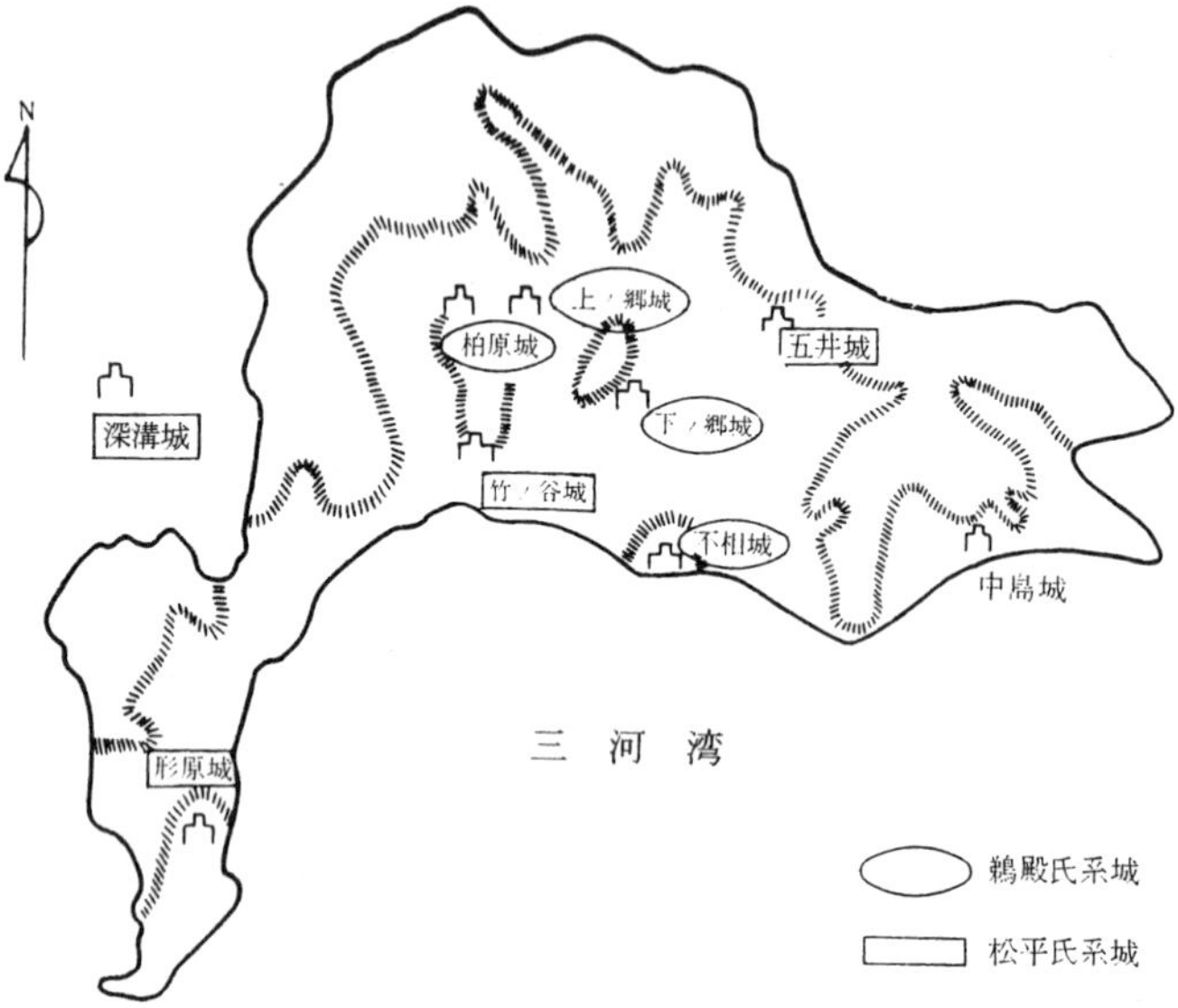

中世蒲郡の城趾（『蒲郡市誌』より。一部、加除を加えた）

天文十三年閏十一月下旬、連歌の宗匠としてこのころ最も盛名があった宗牧《そうぼく》が、その子宗養（無為）とともに関東に赴く途中、この蒲郡に招かれた。宗牧の旅日記『東国紀行』[1]には、岡崎から深溝《ふこうず》を経て蒲郡に入ったことが記されている。まず深溝では、

> 明日、深溝まで送りの事申したれば、西郡より孝清きむかはれけり。金剛軒にて一夜閑談しつつ、みなみな同心して岡崎を立ちたり。松平又八舎弟、路次まで迎ひ、うち連れて深溝に着きたり。向かひの小寺に旅宿いひつけられ、小

野田雅楽入道所、石風呂よしとて休息して、又八見参。数年のおこたりなど申し侍り。父大炊介《おほひのすけ》殿時より無等閑事なれば、心やすく両日遊覧して、

花かともいふまで雪の籬《まがき》哉

柴垣、新しくしわたして、なにとがなと思へる気色を謝したる様也。此の会には鵜殿光義、其の外、見翁坊・藤介・元心など、更け行くほども忘れたり。

と記され、深溝城主の松平又八（好景）や弟の松平康定らの歓迎ぶりが描かれている。宗牧らは近くの寺で旅装を解き、小野田雅楽入道の家にしつらえてあった石風呂で汗を流し、改めて城主好景の挨拶を受けているが、好景の父、忠定とも知り合いであったという宗牧なので、両者はすぐに打ち解けている。

花かともいふまで雪の籬かな

の句は、ここ深溝で詠まれた連歌の発句で、宗牧の詠。この句をうけて、好景や康定、鵜殿光義、見翁坊などが次々に句を付けて、百韻一巻をなしたのである。ただし、残念ながらこの百韻は現存しない。

宗牧の発句は、客を迎えるため新調された籬に亭主の温かい心遣いを感じて、感謝をこめて詠んだものである。閏十一月下旬、既に籬に雪が積もっていたのだろう、夜景の中で白く浮かび上がる籬を白い花が咲いているのか見まがうと詠んでいる。なお、連衆の一人、元心《もとなり》は五井

城（蒲郡市五井町）の城主である松平元心のことで、深溝松平の好景の伯父にあたる親族である。都から訪れた有名連歌師を迎えて、親しい人々が一つの座敷に集い互いに句を詠みあったこの連歌は、夜の更けるのも忘れて人々が熱中したものであった。

続いて、宗牧は蒲郡に至る。

藤太郎、道まで迎ひ、打ちはへて先ず常顕院へ着きたり。長持より使、同道して、静かに城の山々里々、見し世にかはらぬ、年をへて繁昌、所がらにや年がらにや。当国数度の忩《そう》劇《げき》をものがれし城也。

藤太郎は上ノ郷城主、鵜殿長持の子、長照。宗牧は長照の迎えを得て蒲郡に入った。ひとまず常顕院に落ち着いたあと、長持の使者に案内されて城に登り、周囲の山々や数多い人家を眼前にして繁昌の地であることを実感している。そしてその蒲郡の地の繁栄が、このころ三河の各地で頻発していた今川方と織田方との争いが、この地ではなかった僥倖《ぎょうこう》によることが指摘されている。

去々年、尾州まで下りし時も、此の次《ついで》、音信すべしとて、千句の用意、旅宿ことし事新しく構へられけるとなん。去り難き仔細ありて上洛、今度の下国も多くはさやうの礼をも、など存じよる事也。先応寺興行有るべしとて、

鐘の音も半ばは雪のみ山かな

雪山童子半偈と思ひよれるばかり也。

実は二年前、宗牧が尾張までやって来たとき、長持たちは宗牧を蒲郡に迎えて千句連歌を催すつもりであったが、宗牧の側の都合で実現していなかった。さすがに今回は、その好意を無にするわけにはいかないと宗牧は記している。文中の先応寺は長応寺の誤りかとされているが、蒲郡での最初の連歌会はここで行われた。発句は宗牧。寺で撞く鐘の音が遠く雪を頂いた山々に、広がっていく様子を詠んでいる。

雪山《せっせん》童子の半偈《はんげ》とは、雪山で修業する釈迦が「諸行無常、是生滅法」という人間の迷いの根源を聞き、それではその迷いから脱するためにどうしたらよいか、彼はその偈《げ》の後半を聞くために、羅刹に我が身を与える約束をして「生滅滅已、寂滅為楽《ゐらく》」の句を得た故事を指している。この偈は「無常偈」と称され、仏教の根本の道理を説いたものであるが、宗牧は、鐘の音が家々の上を越えて遥か遠くへ広がっていくのを、『平家物語』の冒頭「祇園精舎の鐘の声、諸行無常の響きあり」の一節と重ねて、人生無常の哀愁を籠めたのである。この百韻も現在、伝わっていない。

宗牧の蒲郡滞在は結局二十日余りの長期にわたったが、その間、「毎日、潮を汲ませて孝行湯、養生第一也」などと、中風を患っていた宗牧の健康を気遣って潮湯に入らせる手厚い接待が続けられていた。ちなみに宗牧はこのあと関東に向かって旅を続け、翌年の九月に栃木県佐

上ノ郷城趾から、蒲郡市街・三河湾を遠望する。

野の地に没している。

★

蒲郡での千句、いわゆる『西ノ郡千句』は閏十一月二十五日から始まった。廿五日、千句始行。巻頭、

朝雪

雲水も雪にはれたる朝《あした》かな

当城の遠景、雪のあしたの様也。

と、宗牧は書き付けている。当日、宗牧は上の郷城に登城し、連歌のために清くしつらえられた座敷から、その眺望を詠み上げたのである。家々の甍《いらか》には今朝の白雪が積もり、今はその雪も止んで、遠くの雲、海までもが遥かに見渡せると詠んでいる。冬の朝の身も

引き締まる清澄の空気の中で、眼前に広がる白銀に彩られた町並み、霧雲におおわれた海を詠みあげ、亭主の鵜殿長持に対して今回の厚遇に感謝する気持ちを表している。

連歌を行う座敷について、二条良基は句作りに集中できるように、静かで清らか、かつ眺望の勝れた場所を選ぶべきだとし、集中を妨げる飲酒や雑談を禁じている（『連理秘抄』）。上の郷城中にしつらえられた連歌の座敷も、二年前に新築されたもの、室内も恐らく良基が庶幾したように美しく設定されていたことだろう。

こうした席では、当日正客《しょうきゃく》として招かれた者が発句を詠み、その座から見える風景や室内の景物を詠みこんで、亭主の心尽くしに感謝するのである。同時に発句は、これから続く句とは違って人事に関した細かなことを詠むのではなく、おおらかに長高《たけ》く堂々とした姿に詠むことが望まれる。冒頭の句としての格式が求められるのである。宗牧は千句巻頭の発句を詠むにあたって、城中から町並みのかなたを見はるかし、言外に蒲郡の土地の広さ、豊かさを褒めて鵜殿長持に対する挨拶としたのである。

宗牧の『東国紀行』は、この句の外に自らが詠んだ発句、

　春風のさかひを雪の柳哉
　降りもつめ雪こそ磯の草葉哉

の二句を記し留めている。この二句も千句の第一、第四以外の百韻の発句として用いられたと

思われるが、詳細は不明である。千句の張行はこの時代、三日間にわたって行われるのが普通とされたが、『西ノ郡千句』は五日かかったようである。次に、この千句のうち唯一現存する第四百韻について見ていくことにしよう。

★

第四百韻は天理図書館綿屋文庫に一本が伝わるのみであるが、(2)その冒頭の端作り《はしづく》には「天文十三年閏霜月廿五日　第四　賦何人連歌」と記してある。日付や「第四」の文字から、この百韻が『西ノ郡千句』の一部であることは疑いない。その次に見える「賦何人連歌」とあるのは「何人を賦する連歌」と読み、連歌特有の約束事の一つ、賦物《ふしもの》と称されるものである。この「何」の部分に、発句中の漢字一字を入れて一つの熟語を作るというもので、この百韻の場合、発句の中の「山」の字と結合して「山人《やまひと》」という語になるという仕組みである。連歌の発句を詠むときにはこういう賦物をクリアする配慮も求められているのである。

発句は、

風みえて雪もまきたつ山辺哉　　孝清

孝清は蒲郡に居住していた連歌師で、今回の宗牧来訪にあたっては岡崎まで迎えに赴いた。句意は、遠くの山の麓で雪が舞っている、そこには雪を巻き上げている風が吹いているのだろう、というものである。この句もまた、上の郷城からの眺望であろう。季は冬。この千句は鶴崎裕雄氏も指摘されているが、十の百韻の各発句が「雪」を詠み込む「雪千句」であったらしい。

この発句をうけた脇句は、

野は冬枯のすゑの川霧　友帆

吹雪が吹く野。そこは草木も冬枯れの蕭条《しょうじょう》とした世界であるが、野末の川の水面からは霧が立ち上っている、と付けている。激しい風の舞う荒涼とした冬の野をイメージしたものである。友帆は宗牧の弟子。

明くる夜の汀《みぎは》の千鳥うち群れて　長虎

第三句は、第二句の川霧立つ水面からの連想で、早朝、水辺に群れる千鳥たちを描出した。ここでは既に、二句前の句（打越の句）は考慮の外になっている。連歌は二句一連で読むものであって、二句前の句を次々に消去していくことによって、新しい句境が前進していく。前の句にかかずらわっていると、連歌の展開に変化が生じず、面白みも減少する。次の第四の句は、

しほひはるかに月ぞ残れる　無為

この句の作者、無為は宗牧の息子である。父の指導を受けて連歌に勝れ、宗牧没（一五四五）後、その名声が日本中に喧伝された連歌師であった。時の権力者であった三好長慶と特に親し

くしたが、永禄六年（一五六三）三十八歳で病没した。一句は、千鳥から海辺を連想し、海のかなたに懸かる残月の有様を詠んでいる。水平線に浮かぶ早朝の月、浜辺には群千鳥がたたずんでいる風景である。季は秋に転じている。

　真砂路《まさごぢ》は幾重の秋の霜ならむ　　孝順

砂浜の道にはおびただしい霜が降りていよう、と連想を続けた。地中の水分が凍って霜となる。朝まだき、白い霜が幾重にも降りた海辺の道、そしてその道が寒々と続いているのである。孝順は岡崎に居住していた連歌師。

　小草色づき緑添ふ竹　　宗牧

この句はこの千句連歌の正客である宗牧のもの。その座に居ならぶ連衆の人々が、宗牧がどんな句を詠むか固唾をのんで見守ったことだろう。注目の中、宗牧は自分の順番を迎えて一句をおもむろに詠みあげる。七七の短句であるが、この短い言葉を操って、霜枯れの風景の中に潜《ひそ》むかすかな緑の色合いを発見して、一気に春の気分に変化させている。一座の中に感嘆の声が交錯したことであろう。

　柳散る垣根の道のやすらひに　　長持

上の郷城主、鵜殿長持の句である。地表にわずかに顔を出した小草や竹の緑を、道端に腰を下ろして休憩をとったとき、ふっと見つけた、というのである。こまやかな感性がしのばれる。

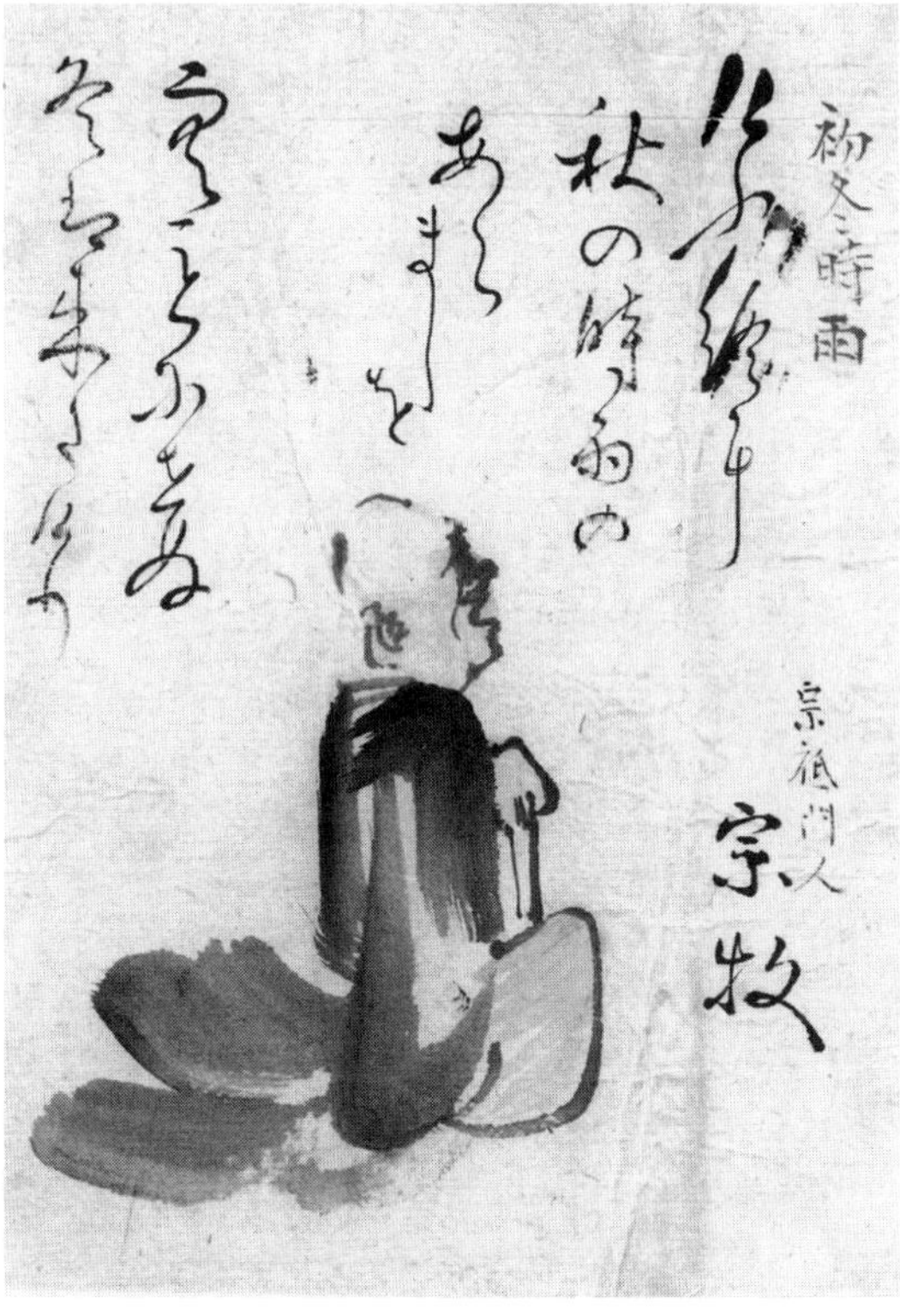

宗牧「けふ終に秋の時雨のあらましを空ことにせぬ冬は来にけり」（『集外歌仙』写本より）

季は「柳散る」で春。

やや暮れかかる里のかたはら　好景

この句は深溝城主、松平好景の句である。休憩している人、それは陽もかげりはじめた村里のはずれの道端の風景だ、と付けている。農村ののどかな夕暮れの一コマである。この句までが表八句で、美しくなだらかに詠むものとされている。次の初折《しょおり》の裏からは句の展開に変化をつけることが許される。

今日もまた知らぬあるじや憑《たの》ままし　松清

夕暮れ時、村のはずれに立ちやすらっている人影。それはこの村へふらりと立ち寄った旅人である。彼は、今日一晩の宿泊を誰に頼もうかと思い、初めて会う宿の主の好意にすがるだけだというのである。漂泊者の侘びしい心が詠まれている。一日の旅を終えた安心感とともに、今から自分を泊めてくれる親切な人を探さねばならない仕事が残っている。断わられればどこかに野宿するより仕方がない。旅から旅へと漂泊する連歌師なども、こうした境涯に外ならず、笠に覆われた旅人の瞳には疲れと不安が宿っている。

よそに馴《な》らしそ旅の衣手《ころもで》　日超

やつれた旅人の姿を見るにつけ、見知らぬ土地での漂泊に馴れることをやめたらいいのに、というのである。日超は下の郷城の前にあった長存寺（法華宗）の僧。鵜殿氏は熱心な法華宗の信徒で、長応寺、長存寺などはその保護を受けて繁栄していた。「そ」は禁止の意をあらわす助詞。

都のみ思ふ心を友にして　玄長

旅を止めるわけにはいかないのだ、いつか都に上ることを実現するために、という句である。都に対する強い憧憬を詠みあげた。既に京都は応仁の乱で街の大半が焼失して荒廃の色濃く、また三好氏、細川氏、松永氏などの抗争の舞台となって戦乱のうち続くところであったが、やはり「ミヤコ」の響きには限りない魅力が宿っており、憧れの地であることに変わりがなかった。鵜殿玄長は下の郷城主。宗牧を城に迎え、連歌会を催したことが『東国紀行』に記されている。

須磨のうらみやただひとり琴　康定

都への気持ちを胸に秘め、須磨でひとり寂しく琴を掻き鳴らしている、という句。『源氏物語』の主人公、光源氏が右大臣との確執から身の危険を察知し、自ら須磨に退隠した場面を踏まえている。都に最愛の妻の紫の上を残したまま、ひとり田舎の須磨の地に赴いた光源氏は、いつ都に帰れるとも分からない悲しみの中で都をしのぶ。貴公子が膝に琴をのせ、弾くともなしに絃を掻き鳴らしている姿は、みやびやかで寂しい。康定は深溝の松平好景の弟。

恋ひわたる月の光も短か夜に　清善

ひとり琴を爪弾く男性、それは恋人を想い続けて、明けやすい夜、月の光の下で琴を弾いているのだ、という句。都への思慕から、逢えない恋人に対する思慕の情に転じた。典雅な古典の世界である。『源氏物語』は、月光に浮かぶ淡路島を眺めながら、琴を弾く光源氏の様子を、「久しう手触れ給はぬ琴《きん》を、袋より取り出で給ひて、はかなく掻き鳴らし給へる御さまを、見奉る人もやすからずあはれに悲しう思ひ合へり」（明石）と描いている。恋の句の始まりである。清善は竹の谷城主、松平清善。「みじか夜」は夏。

夢の枕の匂ふたち花　　玄斎

夏の明けやすい短か夜。うたたねの夢に見えたのは恋人であったのかどうか、目覚めて見れば、枕もとにはただ橘の花の香りが漂っているだけである。この付合（連想関係）には、次のようなイメージも揺曳していよう。

たちばなのにほふあたりのうたたねは夢もむかしの袖の香ぞする
（『新古今和歌集』夏歌、俊成女）

『源氏物語』や『伊勢物語』『古今和歌集』などの王朝の古典文学作品は、連歌を詠む際には必須の知識であった。連歌のさまざまな場面に王朝の優雅な風情が詠みこまれている。宗牧もその修練を欠かすことなく、三条西実隆や近衛尚通から古典を学んでおり、連歌師たちは招かれた先で古典を講義することもしばしばであり、彼らの手になる古典の注釈書も多く残されている。

　いにしへをしのび侘びつつまどろまで　　堪一

枕もとに漂う花橘の香り。昔のことがあれこれ思い出され、眠りに就くこともいつしか忘れてしまった、という句。橘の香りは昔の人を思い出させるもの。この付合は『古今和歌集』の

　さつきまつ花たちばなの香をかげば昔の人の袖の香ぞする

の和歌をもとに連想を展開している。句末の「で」は、「ずて」の約、打ち消しの意味を表す。

　物おもひする老いの苦しさ　　宗広

昔を振り返り、いろいろもの思いをする老人の姿。反省も後悔も、はたまた成就し得なかった事どもの悲しみが、老人の胸裏を去来する。既にどうしようもない出来事の数々は、にがい追憶であり、苦しみさえ感じさせている、というのである。老いや無常を詠んだ句を「述懐」という。

　分け入るも雲より遠《をち》の山高み　　長忠

今から分け入ろうとする山道は、遥か遠くに続き、あの雲の向こうに高くそびえる山を越えることになるのだろうか、と行く先を案じた句。けわしい山道を歩く老人の苦しみ、さらにこれから越えて行かねばならない長くけわしい道を思えば、そのため息も悲痛である。「羇旅」の句。長忠は鵜殿長持の子で、柏原城主。

富士の煙ぞ空にたなびく　　忠純

遠くに聳える富士の峰。頂からは噴煙がたなびいている、と付けた。『万葉集』巻三に「富士の高嶺は……燃ゆる火を雪もて消ち、降る雪を火もて消ちつつ」と詠まれているように、富士山は古く噴煙をあげる活火山であったが、平安時代、十世紀の初め頃にはすでに噴煙をあげるのは休止していた。だからこの句は現実の富士を詠んだものではないことは明白であるが、噴煙たなびく富士山のイメージは強く残り、特に和歌の世界では煙のたなびく富士山が数多く詠まれている。次に西行の有名な富士の煙を詠んだ歌をあげておく。

風になびく富士のけぶりの空に消えて行方も知らぬわが思ひかな

あづさ弓磯辺は波の清見潟　　法見

あづさ弓は、「梓《あずさ》」の木で作った弓。ここでは枕詞の用法で「い」に掛かっている。清見潟は静岡県島田市興津町清見寺の海岸。ここから見る富士山の眺望は特に美しい。一句は煙をたなびかせる富士の山を見上げながら、波うち寄せる清見潟の磯に立つ、の意。羇旅の句。

岩根の道やそこはかとなき　　元心

清見潟の海辺の道は、大きな岩を踏んでいく道、しかし、どこが道なのかよく分からない道をたどり行くことだ、の意。元心は蒲郡の五井城（五井町）主、松平元心。

松風の袖に吹き越す花散りて　　宗丹

岩がねのごつごつした道を歩いて行くと、松風が私の袖に吹き通り、桜の花もはらはらと散りかかる。「岩が根」に「松風」は和歌でしばしば詠まれる。この句は「花」の定座。正客など高い立場の人が詠むのが普通であるが、宗丹という人物についてはよく判らない。刈谷辺に住んだ連歌師らしい。季節は春。

雨の名残のむめの一もと　和慶

袖に吹きつけた風に花は散り、さらに春の雨が降って、すっかり風情のなくなった庭には、ただ梅の木いっぽんが緑に燃えている、という句。春。

★

以上、二十二句がこの百韻の一巡である。一巡はその連歌会に加わった人が、順に一句ずつ付けていって一通り全員が詠み終わる法式で、連衆が二十二名というのはかなり多人数である。この百韻はこのあと七十八句が続くが、長くなるので省略する。百韻全体は鶴崎裕雄氏『戦国の権力と寄合の文芸』に翻刻されているので参照いただきたい。

一部分ではあるが、こうして具体的に連歌作品を読んでくると、連歌というものが持つ特徴がいくつか見えてくる。第一の印象は、一句毎に次々と場面が変化していく面白さである。春の風景であったと思えば、旅の心になり、やがて秋や冬、恋、釈教（無常）などへと変転していく。それは人生の移り変わりそのものであり、連歌を詠む人々はもう一つの人生を疑似体験しているのである。連歌作品そのものは、現実をリアルに詠むということはない。発句を除けば全ての句が想像の産物であると言って過言ではない。

連衆は、直近の句（前句）をよく味わい、そこから連想されてくる自分の思いを一句にまとめて詠み上げる。前句の世界を深く鑑賞するとともに、自分もまた句を付けることによって創作の喜びを味わう。それは相手を生かしつつ自分も生かされるという連帯の精神から成っている。室町時代には人々が守護などの大きな権力に対抗するために結束し、一揆のような武闘をも辞さない激しさを示すことがあった。人々は村の神社を中心に宮座《みやざ》を組織し、合議によって村の方針を決め、違反者には村の名において処断する「惣《そう》」という自治組織が近畿地方を中心にした各地にできていた。「連帯」はこの時代の大きな流れであったのである。連歌はそういう時代の流れと無縁ではない。一人ひとりが参加し、そして全員が心を一つに寄り合っていく文芸なのである。

この『西ノ郡千句』に加わった人々を見ても、単に親族や連歌愛好者だったという理由だけで同座したのではないだろう。もちろん、そうした繋がりがあっての上ではあるが、鵜殿長持が、深溝の松平好景や竹の谷の松平清善、五井の松平元心といった近隣の実力者である松平氏を招いているのは、こうした連歌の席で互いの心情を確かめ合い、互助の紐帯《じゅうたい》を固めるものであったと考えられる。連歌の席というのは、人心さだかでない戦国の世において互いの繋がりを確認する重要な機能を果たしていた。連歌は文学であると同時に、こうした世俗的な要素を濃くもっていた。

第二に、どの句も静かで寂しい雰囲気を漂わせていることがあげられよう。人生のつらさ悲しさを嘆き、一人ひっそり暮らすことに憧れている。人まじわりを嫌い、厭世の思いが色濃い。実はこうした雰囲気は『西ノ郡千句』の特徴ではなくて、この時代のほとんどの連歌がもっている傾向なのである。

連歌は、多人数で行う共同作業の文学である。変化を尊ぶといっても、あまり突拍子もない句は人を驚かせ、場の雰囲気を壊してしまいかねない。人生の憂愁を述べ、そこに漂う悲しみ、寂しさをしみじみと味わうことが連歌の目的であったといえる。句を付けあって百韻を完成することよりも、その場の人々が一句毎にさまざまな人生を味わい、その情緒にひたって、全員が同一の情調を共有してゆくことが連歌の主目的であった。それは同じ頃、提唱された侘び茶の世界とよく似ている。茶室の小さな空間に数人が寄り合って膝をまじえ、茶を点て茶を喫する行儀を通じて、互いの心の交流を図る茶道の方式と、連歌の精神は軌を同じくするもので、侘び茶の創始者である村田珠光が茶の心を説明するときに、しばしば連歌を引き合いに出しているのも、両者の共通性を認めていたからだろう。

戦乱のうち続く室町時代後期、自らが明日の戦いに命を落とすかも知れず、生きている今を大切にして、互いに心を通わせあう寄り合いの精神は、この時代もっとも人々にアピールした形であった。

『西ノ郡千句』の作者たちも、人生の一場面や感慨を詠み続けながら、しみじみと自らの人生を考えたことであろう。この「千句」の後、連歌の主催者であった鵜殿長持は弘治二年（一五五七）没し、さらに徳川家康の勢力が東三河に伸張してくると、この連歌に関わった人々の関係も険悪になり、今川勢に属した上の郷城主鵜殿長照（長持の子。藤太郎の名で『東国紀行』に記されている）は竹谷松平清善と激しい干戈《かんか》を交えているし、この千句から十八年後の永禄五年（一五六二）、長照は徳川家康の軍に攻められて落城、敗死を余儀なくされている。(3) 徳川方にはこの千句にも加わった松平清善や深溝松平氏、五井松平氏らも加わっていたことが痛ましい。

第三には、連歌の言葉が挙げられる。連歌に用いられる言葉は和歌を詠むような美しい言葉、つまり雅語に限定されていた。そして和歌や古典の場面などをも取り込み、優美に詠むことが求められていたのである。連歌特有の言い回しがあって、連歌の表現は和歌そのものとは微妙に異なるが、少なくとも俗語が用いられることはなかった。卑俗な世界、現実の世界は連歌で詠まれることは許されなかった。連歌世界は戦国時代を生きた人々にとって最大の関心事である戦乱や飢饉、あるいは笑いといった庶民の日常的な出来事とは無縁であり、無常観や悲哀といった想念の世界を詠み上げるのである。生々しい現実に目を向けることはなく、伝統的、古典的な想念の世界に閉じこもろうとする。消極的、退嬰的という批判もできるが、こういう想念を共有することがこの時代にはもっとも求められていたのである。それほどこの時代の現実は苛烈であったと言えなくもない。後の江戸時代に至ると、連歌と同じ五七五、七七、五七五と句を連ねていく連句文芸が起こり、芭蕉もまた連句に秀吟を残したが、連句は言葉の制限を取り去り、「馬の糞」までも句の素材に用いることができるようになっており、両者は言葉によって本質的に世界を異にするのである。連句においてはもはや連歌的な悲哀や諦念が詠まれることはない。

★

次に、百韻の最終部の十二句を簡単に見ておこう。

　訪はじとは思ひはてぬる夜を重ね　孝清

恋人を訪問するのを止めると決心して、既に幾夜かが過ぎたことだ。

　夢にとのみも慕ふ手枕　孝順

恋人を訪ねることもできず、逢うことも出来ないのならば、せめて夢の中でも一目逢いたいことだ。

きぬぎぬの朝けの名残いかに寝ん　宗牧

「きぬぎぬ」は、男女が一夜を共にした翌朝、二人が互いの衣を着て別れること。共寝の朝の別れがたさは、夢の中の逢瀬であってもつらく、別れたあとも恋が我が身を責めてどうしようもない。恋人どうしの別れが痛切に詠み上げられている。

もれて人香《ひとか》ぞつらさ添ひぬる　友帆

彼女の移り香の甘美さ、いっそう切ない思いが募ることだ。

小簾《こす》の戸の風のおりおり花暮れて　孝清

軽やかにすだれを動かす風が吹くたびに、はなの香りが運ばれてくる春の夕暮れだ。

いくむらならし百千鳥《ももちどり》なく　忠純

すだれに吹く春の風、木々に囀る数多くの小鳥たち。

うちはへてうつる霞の暮るる野に　孝純

たくさんの小鳥の鳴き声。太陽の輝きを映《うつ》した春霞もやがて光りが失せていく。「うちはへて」は引き続いて、の意。

日もをちかたの水ぞ晴れたる　無為

春霞の夕暮れであたりは薄暗くなってきた。向こうに見える水面はまだ太陽の光に輝いている。「日も落ち」と「遠方《をち》」が掛け詞になっている。無季。

さしくだす河添ひ小船《をぶね》影みえて　宗広

遠く陽にきらめく水面。川添いに行く小船が下って行くのが見える。

とる山柴もいとまあらじな　法見

川添い小船が下っていくのが見える。それは柴積み船、山では柴を刈るのに暇がないことだろう。

いそぎたつ豊《とよ》の明かりのかりごろも　宗牧

暖をとる柴も必要な季節になった。陰暦十一月、宮中では豊の明かりの節会に用いられる小《お》忌《み》の衣の準備に余念がないことだ。「豊の明かりの節会」は大嘗祭・新嘗祭の翌日、宮中で催された宴会。舞人は小忌ごろもを着した。「かり衣」は「仮り」の意をこめて小忌ごろもとしたのだろう。季は冬。次の最後の句を意識して、めでたく豊かな場面を導いた。

分《わ》けこそいづれ雪のふる道　宗丹

百韻の最終句。いろいろな変化を見せた百韻の連歌であるが、最終句（挙句《あげく》）はめでたく詠み上げるのを規則とする。一句は、雪の降る、古道を分け出て大きな世界に身を乗り出すことだ、の意。最後に、将来への希望を繋いで百韻の締めとした。冬。

『西ノ郡千句』第四の百韻はこのように、人生の転変を描いて静かに幕を閉じた。全体をつらぬいて何かテーマや筋のようなものがあるわけではなく、一瞬一瞬に移り変わる変化こそが作品の最大の目的であった。この席に参加した人々はこうして人生の旅を経験し、喜び悲しみ苦しみを味わい、世の無常を感じながら、互いの心を一つに結びあげていったのである。宗牧や鵜殿長持以下、連衆の人々は百韻成就の達成感と、数時間にわたる会席の疲れを感じながら、熱い茶を啜ったことであろう。

★

宗牧はこの千句を終えて、次に牛窪（豊川市牛久保）に向かうことになった。牛久保の菅沼氏から来訪を強く要請されたからである。宗牧は「若衆の比《ころ》より知人なれば態《わざわざ》もまかり下るべきほどの旧好也、上洛の次《ついで》を期して、こなたよりは無音《ぶいん》の所におもひよられし深切、いなとも申しがたし」と記している。宗牧はこの旅の帰路に立ち寄ろうと思って連絡しなかったところ、誘いが来たので赴くことにしたと言っている。

十二月十日、西郡を立ち侍るに百人ばかり打ち送り、みやほし越えと云ふ、おもしろき海づらより別れたり。

さする人なくてわかれし旅ねにもなごりはさぞな老いのこしごえ

ほしこえを、こし越えと聞きたがへて若衆たちへのざれこと也。又、申し直して、

立ち帰り又も逢はまくほし越えや数々あかぬ老いの坂かな

牛窪より迎いの人に会ふまでと、藤太郎、又三郎以下、駒なべてゆくに、大塚と云ふ里有り。この所に昔逗留せし事など思ひ出でて、岩瀬式部方へ案内しつつ行けば程なし。牛窪の迎ひ来たれり。さらば是よりとて西郡の衆は返しつ。

宗牧は百人ほどの人々の見送りを受け、三谷の海岸を通って牛久保に向かった。三谷の「ほし越え」を「こし越え」と聞き誤り、さすがの蒲郡の親切な接待でも、この老人の腰をさすってくれる人はいなかったなあ、と冗談を言っている。が直ぐに、この老人にとって数々の親切を受けた蒲郡へは今からでも立ち戻りたいと詠み直している。「逢はまく欲《ほ》し」に「ほし越え」を言い掛けた技巧である。大塚を過ぎたあたりで牛窪からの迎えに会い、ここまで送って来た人々は蒲郡へ帰った。ずいぶん大形《おおぎょう》な見送りであるが、地方にあっては都の有名連歌師がいかに大切に迎えられたかが窺えて興味深い。

(注)

(1) 宗牧著『東国紀行』は『群書類従』紀行部に載る。

(2) 『西ノ郡千句』第四は、鶴崎裕雄『戦国の権力と寄合の文芸』(和泉書院、昭63)に全句の翻刻が載る。蒲郡と「西ノ郡千句」については、この他に、余語敏男『宗碩と地方連歌』(笠間書院、平5)、『蒲郡市史』本文編1(平18)にも記述がある。併せて御参照願いたい。

(3) 戦国期の蒲郡については『蒲郡市誌』(昭49)『蒲郡市史』を参照した。

湖西を築いた人・夏目甕麿の万葉集研究
――『禱釜《ヌガナヘ》嚴釜《イツカナヘ》考』

片山　武

1

『湖西を築いた人びと』（静岡県湖西市教育委員会編　静岡県湖西市発行　平成四・一）中の「夏目甕麿」『静岡県歴史人物事典』（静岡新聞出版局編　静岡新聞社　平成三・十二）中の「夏目甕麿」の項目、その他『日本古典文学大辞典　簡約版』（日本古典文学大辞典編集委員会編　岩波書店　一九八六・十二）『日本古典文学大事典』（大曽根章介氏他八氏編　平成十・六）の「夏目甕麿」の項目を参照し、甕麿について概略まとめておく。

甕麿は、安永二年（一七七三）五月五日、浜名郡白須賀（現在の湖西市白須賀）に生まれる。幼名は春太《うすた》、通称は小八郎、嘉右衛門、萩園《はぎぞの》と号した。甕麿は名。家は豊かな造り酒屋、名主役を務めた。

寛政九年（一七九七）八月二十九日、甕麿十八歳の時、遠州の国学者内山真龍《またつ》の門に入ったが、翌十年（一七九八）十月、真龍のすすめで本居宣長の鈴屋門に入門、享和元年（一八〇一）宣長がなくなるとその子春庭、さらに大平に入門した。二十歳のころ、推されて名主となったが、文化十一年（一八一四）四十一歳、願い出て名主役を引退する。この年隠宅を新築、多くの萩を植えて萩園《はぎぞの》と称した。さらに国書開板の大志をおこし、石塚龍麿の『鈴屋大人都日記』（文政二年〈一八一九〉）賀茂真淵の『万葉集遠江歌考』（文政三年〈一八二〇〉）のほか服部菅雄の『篠家文集』上巻、栗田高伴の『万葉集一句類語抄』一之巻が文政二・三年にわたってつぎつぎに発刊された。ところが出版費の獲得が意のままにならず、ついに家産の破綻を招き、大志は挫折、鬱症《うつしょう》にさえ陥った。

文政二年（一八一九）正月、甕麿は十四歳の諸平を伴い、畿内の皇陵巡拝の旅に出た。

この折の皇陵図一巻は絵巻物で七十八葉からなる、この皇陵図と文化八年（一八一一）の『古野の若菜』に説く皇国臣道論、さらに甕麿歌碑の「うつらうつら身をし思へばさくら花咲ける皇国に生れあいにけり」などから甕麿は勤皇の志があつかったものと思われる。

甕麿が関西へむけ最後の旅に出たのは、文政四年（一八二一）一月、金比羅《こんぴら》まいりを口実としたが、夏目家は図書刊行などのため、窮迫、夜逃げといったものであったようだ。そのうえうつ病も悪化、湯治治療もしたかったのであろう。

次男小太郎（諸根、十三歳）を伴なったが諸根を知人の京都錦小路室町の書店蛭《ひる》子屋市右衛門のところに住みこませた。

自身もしばらく京都に滞在、有馬温泉で湯治もしたようであるが、病気は回復しなかったらしい。紀州和歌山の師本居大平宅で師の代講をつとめた後、摂津（兵庫県伊丹市）昆陽《こんよう》寺の陳《ちん》阿《あ》和尚のもとに落ちつく。

文政四年十一月二十四日、白須賀の大火で甕麿の家は萩園《はぎぞの》学舎《まなびや》ともども全焼、十二月六日にそのしらせを受け取った。

翌文政五年（一八二二）昆陽寺に近い昆陽《こや》の池で酔って誤って水死した。享年四十九歳であった。

加納諸平は長子、八木美穂は最もすぐれた門人である。

『万葉集摘草』『古野の若菜』『不尽の煙』などの著書がある。

『六十一番歌合』一巻は、白須賀宿で甕麿の指導した歌合の記録で、現存唯一の品で、筆記は門人延庸《のぶつね》の書、朱註は甕麿筆と伝えられている。

2

『禱釜嚴釜考』については佐佐木信綱氏の『萬葉集事典』（一九五六・六初版第一刷・一九九六・

十一初版第一二刷　平凡社）に次のごとき解説がある。

禱釜《ぬがなへ》嚴釜考《ゆつかなへかう》　自筆稿本　冊　夏目甕麿《みかまろ》

體裁　澁引表紙。縦九寸三分、横六寸五分。

内容　巻第十四なるヌガナヘ、ユツカナヘにつきて新たなる考説を述べ、鈴木朖に示せるもの。終に「未校合脱落可有存候。御推讀之上御難破ハスグニ此案ニ御書入可被下候」と記せり。朖の評一箇所書き加へあり。奥に「文化十二年十月五日　萩園稿」とあり。

また佐佐木信綱氏編『竹柏園蔵書志』（昭和一四・一　巖松堂刊）にも同じような解説を示されている。

この書については『静岡県史資料編14近世六』（静岡県編　平成元・三　ぎょうせい刊）に次のごとく述べられている。

祷釜《ぬかなえ》厳釜考《いづかなえこう》　一冊　考証　(成)文化一二　㊢茶図竹柏　㊢浜松

この記述は『補訂版國書總目録』と同じである。右によると、お茶の水図書館蔵本と浜松市立中央図書館蔵本と二本存することになる。

浜松市立中央図書館蔵高林家文庫本は『静岡県史資料編14近世六』に翻刻せられている。

3

本項では『禱釜厳釜考』のお茶の水図書館本を翻刻しておく。ただし「禱釜」に関する部分のみである。

十四ノ廿丁ウ　宇《ウ》倍《ベ》兒《コ》奈《ナ》波《ハ》和《ワ》奴《ヌ》爾《ニ》故《コ》布《フ》奈《ナ》毛《モ》多《タ》刀《ト》都《ツ》久《ク》能《ノ》奴《ヌ》賀《ガ》奈《ナ》敝《ヘ》由《ユ》家《ケ》婆《バ》故《コ》布《フ》思《シ》可《カ》流《ル》奈《ナ》母《モ》

可諾《ウベ》子汝《コナ》者《ハ》自主《ワヌ》ニ戀《コフ》ナモ神《タト》誓贖之《ツクノ》禱《ヌ》釜《ガナヘ》往者《ユケバ》令《シ》レ戀在《コフカ》ルナモ

諾《ウ》引可《ヘ》引子汝《コナ》ハ我《オレ》ニ惚《ホレ》テ戀《コヒ》ヲ爲《シ》カケルガナルホドモ引虚《ウソ》カ実《マコト》カト此神誓湯《ユダテ》ニ往《キ》テ兆《ウラナヒ》テ試《ミ》レハ實《ホンマ》ニ戀《コヒ》シガル象《サマ》チヤコレテバ惚《ホレ》タト云フガナルホドモ引

○宇倍《ウベ》ハ可《ヘ》レ諾《ウ》ナリ可諾《ウベ》トハ平言ニウ引ヘ引ソレデ了解《ワカツ》タナド承諾《ウナヅ》ク辞ナリ

○兒奈波《コナハ》ハ妹《コ》子汝者《ナハ》ナリ兒《コ》ハ妹《イモ》ヲ謂《イ》フ汝《ナ》ハナニ《汝妹》モ又イモナネ《妹汝姉》ナド多ク用《イ》フ汝《ナ》ニテ我物《ワガモノ》トシテ親愛《ナツカシ》ミ云フ辞ナリ　兒奈ノ例末ニ別ニ云リ

○和《ワ》奴《ヌ》爾《ニ》故《コ》布《フ》奈《ナ》毛《モ》ハ自主《ワヌ》ニ戀《コフ》ナモナリ　和礼ト和奴トノケヂメハ末ニ別ニイヘリ　我《ワレ》ニ惚《ホレ》テ戀《コヒ》シガルト云《イ》フ意ナリ奈毛ハナルホドモ引ト覚《サト》リタル辞ナリ

○多《タ》刀《ト》都《ツ》久《ク》能《ノ》奴《ヌ》賀《ガ》奈《ナ》敝《ヘ》由《ユ》家《ケ》婆《バ》ハ神誓贖之《タトツクノ》禱釜《ヌガナヘ》往者《ユケバ》ナリシカ云《イ》フ故ハマヅ多刀都久ノ多刀ハ探湯《クカタチ》ノタチ又誓言《コトダテ》ノタテ今世神社ノ庭ニテ爲《ス》ル湯立《ユタテ》ノタテ又《マタ》

上らん

俗ニ謂フ任狭《ヲトコタテ》ノタテナドノタチ タテト同語ニテタチタテタトト同行ノ音ニテ同言同義ナルベシ イサ、カヅ、差別ハ有《ア》ルベケレド甚近親ノ音ナレバ通フナルベシ故《カレ》タチ又タテト云《イ》フア東国ニテハタトトモ云ヒシニヤ有ラン

盟神探湯《クカダチ》紀　探湯《クカタチ》紀　言立《コトタテ》万

タトト云フ言此余ニハイマダ見アタラズ誓《チカフ》コトヲタチ タツ タテト云《イ》フコトハ俗言ニハ此余ニ多クアリ誓《タチカ》反《チカ》タ」

此《コノ》クカタチ コトタテ ユタテ等ノタハ頼《タノ》ミ誓《チカ》フコトニテ令《チ》レ誓《タ》令《テ》レ誓《タ》令《ト》レ誓《タ》ノ義ナリ探《クカ》湯誓《タチコト》言神《タテユ》湯男《ダテオトコ》立《タテ》等トモニ神ニ誓《チカ》ヒ心ニ誓《チカ》フコトナルニテ知ルベシ都久《ツク》ハ神《カミ》宇《ウ》礼《レ》豆《ツ》久賭《クサカ》酒賭《ツクネ》宿《ツク》のりものつく又平言ヲ命ヅク賭債《カケツク》又ツクヲウツナドノツクニテ物ノ未然ニ吉凶勝負ナドノツリアヒヲ其ニテ爲《ス》レ試《タメ》ヲ云フ語ナリ 物ヲツクナフト云《イ》フモ譬バ五ノ負《マケ》ヲ爲《シ》タルニ其ノ負ノ代ニ物ヲ出シテ對手ノ五ノ勝ニ對シテツリアヒ持サスルヲ云《イ》フニテ基本ハ同義ナリ

サレバ多刀都久ハ神《タ》誓《ト》贖《ツク》ニテ、神ニ令《チ》レ誓《タ》而《テ》誓《チカ》ヒテ也物ノ吉凶等ヲ未然ニ占《コヽロ》ムルヲ云《イ》フナリ奴賀奈倍《ヌカナヘ》ヲ禱釜《ヌガナヘ》ナリト云《イ》フコト奴ヲ禱《ヌ》ナリトノ考ハ別ニ云ヘリ

禱《ヌ》釜《ガナヘ》トハ古ノ玖訶瓮《クカベ》ノ如ク釜《カナヘ》ニ湯ヲ沸《ワカ》シテ其湯ニテ巫ノ吉凶ヲ占《ミ》ル術《ワザ》ナルベク思ハル禱《ヌ》釜《ガナハ》往《ユケ》者《バ》トハ禱釜《ヌガナヘ》ニ往《ユケ》バナリ神誓贖《タトツク》ト禱《ヌ》釜《ガナヘ》ニ往クトハ今世湯

立ノ吉凶ヲ占《ミ》ニ往《ユ》ヲ湯立ニ行クト云フニ同ジク禱釜ノ吉凶ヲ占《ミ》ニ往《ユ》クナリ
但コレハ身ノ吉凶ヲ占《ミ》ニ往ナリ

上らん　神宇礼豆久　記のりものつくウツホ賭酒賭宿於仙ツク正字ヲ思ヒ得サレバ姑ク賭賭等ノ字ヲ借タリ」

「禱《ヌ》ノ説ハ奴佐ノ考ニ出セル余ニモ旧キ證アマタ見出テ記シオケリ玖訶瓮《クカベ》記誓湯《クカベ》紀記傳三十九ニ曰瓮《ヘ》ハ其探湯ノ湯ヲ沸ス釜《カナヘ》ナリ云ゝ○探湯瓮《クカベ》紀」

○故布思可流奈毛ハ戀シ在《ア》ルナモナリ子汝《コナ》ガ我方《ワヌ》ニ戀《コ》フト云ナルガ此禱《ヌ》釜《ガナヘ》ニ往テ占《ミ》レバ其情《コヽロ》ノ兆《アラハ》レテ見ユル実ニ我方《ワヌ》ニ戀《コ》フト云《イ》フハ是ニテハナルホドモ引チガヒナイトナリ

上らん　腿云奈ヲナルホト、シタルハ誤ナリ

或本歌末句曰奴《ヌ》我《ガ》奈《ナ》敝《ヘ》由《ユ》家《ケ》杼《ド》和《ワ》奴《ヌ》賀《ガ》由《ユ》乃《ノ》敝《ヘ》波《ハ》

○禱《ヌ》釜《ガナヘ》雖往《ユケド》自主《ワヌ》之湯《ガユ》之上《ノヘ》者《ハ》ナリ子汝《コナ》ガ我方《ワヌ》ニ戀《コ》フガ虚《ウソ》カ実《マコト》カト疑ヒテ禱釜《ヌガナヘ》ニ往テ占《ミ》レドヤハリ我《ワ》ガ湯ノ上《ヘ》ハ実ニ惚《ホレ》テ戀《コ》フ兆《サマ》ヂャハイ云フ義ナリ由《ユ》ノ敝波《ヘハ》トノミニテハ言足《コトタ》ラザルガ如クナレドモ可諸子汝者我方《ウベコナハワヌ》ニ戀《コ》フナモト領掌《ウナツキ》タル語勢ニテ下句禱釜ニ往《キ》テ占《ミ》テモヤハリ我神《ワガ》湯《ユ》ノ上《ヘ》ハ子汝《コナ》ガ戀《コ》フニ虚《チガヒ》ハナイト云意アラハレタリ　我湯《ユ》ノ上《ヘ》ト云フハワガ戀中ノ上ヲ占ル神《ユダチ》湯ノ兆《カタ》ハト云義也

上らん

「由乃敝ノ敝ハ夜曽許登ハ敝ノ敝ト同ク上《ヘ》ノ義也」

サテ右ノ和奴兒奈トモニ集中ニモ其余ニモ見エサル語ナリ廿巻廿四オニ和」努古」奈有ルノミナリ十四巻ナルモ廿巻ナルモ和奴兒ト○▲對シタレバ和礼ヲ和奴ト云フ時ハ子等《コラ》ヲ兒○
●奈ト▲云フ

格ト見エタリ廿巻ニ於保伎美乃美許等加志古美伊弖久禮婆和努等里都伎弖伊比之古奈波毛トアル和努モ自《ワ》」主《ヌ》ノ義ナルベシ自《ワ》」主《ヌ》トハ女ノ我《ワレ》」方《ヘ》ト心ザセル男ノ其女ニ對ヒテノ自称ト見エタリ徒《タダ》ニ和礼ト云フハ廣ク他《ヒト》ニ對シ自《ワ》」主《ヌ》ト云フハ我《ワレ》方《ヘ》ト心ザセル女ニ對シテ云フ時ノ称ニテ此《コヽ》ノ和努等里都伎弖ハ我《ワレ》方《ヘ》牽袖而《トリツキテ》ト云ハンバカリノ義ナリ既《マヘ》ニ和奴爾ト有《ア》ル注ニ惚《ホレ》テト云フ語ヲ属《ソヘ》タルハ和奴《ワヌ》ハ我方《ワレヘ》ノ義ナルユヱナリ一ワタリニ和礼モ和礼モ差別ナシト見タランハアヂキナシ東語ト云《イ》ヘトモ音義髣髴ノ間ナラデハ通フコトナシ○礼ト○奴トハ音義通フコトナケレバ和礼○ヲ和奴ト云フヘキ理リナシ兒奈モココノ此廿巻兒奈ト同ジク右ノ我方《ワレヘ》ト思ヘル男ノ其女ヲ我物トシテ親《ナツカシ》ミ云フ称ナリ和奴ト云ヒ兒奈ト云ヘル何レモ對ヒアハセテ考フヘシ

「禱釜」の部分は「武蔵国相聞往来歌九首」中の一首で国歌大観番号三四七六歌である。

甕麿は原文を示し、次に書き下し文、歌の解釈を示したのち、宇倍、兒奈波、和奴爾故布奈毛、多刀都久能奴賀奈敝由家婆、故布思可流奈毛に分け、語彙を中心に説明をし、そのあと或本歌末句について解説を加えている。次項では三、四句の甕麿の説明について検討してみたく思う。

4

第三、四句について「神《タ》誓《ト》贖《ツク》之《ノ》禱釜《ヌガナヘ》往《ユケ》者《バ》」と訓む。「タト」について「探湯《クカタチ》」「誓言《コトダテ》」「湯《ユ》立《ダテ》」のタチ、タテと同語、「任狹《ヲトコダテ》」のタテも同行の音で、同音同義であると説く。

これらにつき『日本国語大辞典』で意味を調べるに

「くかたち」〔探湯・誓湯〕《名》（「くがたち」とも）①上代、事の是非、正邪を判定するために、神に誓って熱湯に手を入れて探らせたこと。罪のある者は大やけどをするが、正しい者はやけどをしないと信じられていた。（例略）②後世、神前で身を清めて拝するために沸かす湯。（例など略）

「ことだて」〔言立〕《名》心にあること、うわさ、決意などをはっきりと口に出して言うこと。誓言。ことあげ。立言、揚言。（例略）

「ゆだて」〔湯立〕《名》神前の大釜で湯をわかし、巫女（みこ）や神職がその熱湯を笹の葉にひたして、自分のからだや、参列者にふりかける儀式。古くは神意をうかがう方式であったと思われるが、後世には湯を浄め祓う力のあるものとみなし、舞と結合して芸能化した。ゆだち。（例略）

「おとこだて」（をとこ…）〔男伊達・男達〕《名》男の面目を立て通したり、意地や見えを張ること。またそのような人。（以下略）

（《縮刷版》第三巻昭五九・二、第四巻昭五五・四、第十巻昭五六・四、第二巻昭五四・十二　小学館刊）

以上の意味を確認して、「タト」「タチ」「タテ」が同音同義と結論づけてよいか疑問が残る。

「つく」については、「神宇礼豆久」「賭酒」「賭宿」「のりものつく」「命ヅク」「賭債」「ツクヲウツ」の「つく」で「物の未然に吉凶勝負などのつりあひを其にてためす」の意という。

「うれずく…づく」《名》賭（かけ）をして負けた時に相手に支払う品物、また賭をすることの意か。（例など略）

「さかずく…づく」〔酒尽〕《名》酒をかけて勝負を争うこと。負けた者が罰として酒を飲む約束で行なわれることが多い。（例略）

「いのちずく…づく」〔命尽〕《名》（「ずく」は接尾語）①命を取るか、取られるかというぎりぎりのさま。一命にかかわること。（例略）②（「に」を伴って用いることが多い）命を捨ててかかる覚悟であること。いのちがけ。（例略）

「かけずく…づく」〈賭〉《名》（「ずく」は接尾語）賭けの結果に任せること。賭けの結果次第。また賭けをすること。（例略）（『縮刷版』うれつく〈第二巻〉さかつく〈第四巻〉いのちつく〈第一巻昭五四・十・二十〉かけつく〈第二巻〉）

「うれづく」「さかづく」「いのちづく」にしても甕麿のいうように「物の未然に吉凶勝負などのつりあひを其にて爲試を云ふ」語では少し意味がちがっているようである。

さらに「奴賀奈敝」を「檮釜」とし、「玖訶瓮ノ如ク釜ニ湯ヲ沸シテ其湯ニテ巫ノ吉凶ヲ占ル術」の意という。

「くかべ」（探湯瓮）とは、「上代、探湯（くかたち）に用いる釜（かま）。」で記紀にその例がみられる。

「多刀都久能奴賀奈敝由家婆」を「神誓贖之檮釜往者」とし、「檮釜の吉凶を占く往く」意と解した。

甕麿の解釈はその後とりあげられ、うけつがれていっているのか、次項で検討してみることにする。

5

この歌の文字、訓の異同については、水島義治氏著『萬葉集東歌本文研究並びに總索引』

（昭五九・六　笠間書院刊）により考察する。ただし四句めのみにとどめる。

努賀奈敝	細　神　矢　京	全註釈　全講　全書本　塙本　桜楓本　澤瀉氏本　水島氏校訂本
努賀奈敞	元　類　西　紀　温	代（精）　拾穂抄　定本　窪田氏評釈　新注　私注　大系本　訳注
奴賀奈敝	附　寛	童蒙抄　考　略解　残考　全釈　豊田氏研究　論究　新校　大成本
奴賀奈敞	無	

文字の異同であるが、最初の文字は「努」「奴」四字めは「敝」「敞」である。

よみについては

努（奴）賀奈敝（敞）	のがなへ	西　紀　温　矢　京　神　附	見安　拾穂抄　代（精）　窪田氏評釈　定本（新訓）（佐佐木氏評釈）全講　全註釈　全書本　大系本　新注　桜楓本　澤瀉氏本　訳注　水島氏校訂本
	ぬがなへ	元　類　古　細　寛	童蒙抄　考　残考　略解　古義　新考　豊田氏研究　全釈　論究　新校　私注　大成本　塙本

である。

四句めの最初の文字は「努」「奴」の異同がみられる。ここでは、西　以下の古写本の文字表記をとり「努」をとりたい。

四字めにあたる部分の文字は「敝」「敞」である。「敝」はヘイ、①やぶれる。㋑こわれる。ぼろぼろになる。㋺おとろえる。㋩つかれる。㋥負ける。②〈やぶる〉③自分をけんそんする語。敞ショウ①たかい。高くて平らなさま。②ひろびろとしたさま。「敝」と「敞」は別字ともある。「へ」にあたる仮名には「敝」(甲)を用いる。ここは細　以下の「敝」文字がよく、四句め全体は「努賀奈敝」となる。

日吉盛幸氏編『万葉集歌句漢字総索引上・下巻』(平四・四　桜楓社刊)によるに「努賀奈敝由家婆」は「のがなへゆけば」とよみ、「努」字は「の」とよむ。すなわち「取而曽思努布」は「とりてぞしのふ」(①一六)「情毛思努尓」は「こころもしのに」(③二六六)とよみ以下「努」は集中九七例みられる。また「奴」字は「奴要子鳥」(ぬえことり)(①五)「還比奴礼婆」(かへらひぬれば)(①五)以下四四九字すべて「ぬ」とよみ、「の」とはよんでいない。これは西本願寺本のよみではあるけれども。

以上第四句は現在では文字と訓は「努賀奈敝由家婆」「のがなへゆけば」でよい。「努」は「ノ」の甲類のかなである。

6

本項では、前述の甕麿の解釈について検討していきたい。

甕麿も見ているであろう代精（契沖著　精　元禄三〈一六九〇〉『契沖全集第六巻』昭五〇・四　岩波書店刊）は、第三、四句を「多刀都久能《タトツクノ》　奴賀奈敝由家婆《ヌカナヘユケハ》」とよみ（文字と訓は寛永二十年本萬葉集のものを例示し、初、精には契沖の意見を述べている。）

……タトツクノハ立月ノナリ。ノカナヘユケハトハ遁《ノカレ》ナクユケハナリ。月立テヨリ朔日二日トヒト日モ落ス行ナリ。

初稿本に……たとつくのは起月《タツ》のなり。のかなへゆけは、のかれすゆけはなり。立月ことに朔日二日といふより一日もかけぬをいへり。……

立月、遁《ノカレ》ナクユケハの意と説いている。

略解（橘〈加藤〉千蔭著　寛政八〈一七九六〉年　大元・一二　佐佐木信綱氏編　博文館刊）は「多刀都久能　奴賀奈敝由家婆（たとつくの　ぬがなへゆけば）」で「……たとつくのは立月之《タツツキノ》也。東には多刀《タト》と言ふか。ぬがなへゆけばは、流去者《ナガレユケバ》ならむ。立行月日を流るゝ月日とも言へり。……」と説く。立月は代精と同じであるが、流去者とヌガナヘユケバを解している。

古義（鹿持雅澄著　天保十〈一八三九〉年　名著刊行会　昭三）は「多刀都久能《タトツクノ》。奴賀奈敝由家《ヌガナヘユケ》

婆《バ》」とよみ、「○多刀都久能《タトツクノ》は、立月之《タツツキノ》なり」「○奴賀奈敝由家婆《ヌガナヘユケバ》は、流《ナガ》らへ往者《ユケバ》なり、」としている。略の「流去者《ナガレユケバ》」に対し、古義は「流《ナガ》らへ往者《ユケバ》」と変化している。

代、略を確認している甕麿は、「禱釜の吉凶を占く往く」と新説を提出したのである。

最近の注釈書で、三、四句めをどう解釈しているか見てみる。

澤瀉氏注釈（『萬葉集注釋巻第十四』昭四〇・三　中央公論社刊）によるに
「立と月ののがなへ行けば戀ふしかるなも」「たとつくの」は「立つ月の」。「努」の字、（「努賀奈敝由家婆」の「努」文字のこと、私に注す）版本に「奴」とあるが、古（四・三五ウ）は片カナ「ヌ」とある他、元、類（十六　二〇五）、その他すべて「努」とあるによる。訓は元、細、寛にヌとあるが、西、紀その他ノとあるによる。甲類のノである。ナの音が甲類ノに訛つたものと思はれる。「のがなへ行けば」は「流らへ行けば、」…「流らへ」のへは乙類であるべきを「敝」（甲類）に誤つてゐる。その下の「家」も乙類であるべきを甲類で誤つてゐる。私注には「立つ月の」を「月の障りを言ふ」として、「考あたり以後、ナガラヘユケバで月の過ぎ行く意と解かれて居るが、論據を缺く推測である。ナヘは打消の助動詞であるに違ひない。ヌガはヌグ、ノク、或はノゴフと近似の動詞の將然形であらう。ヌガナヘは除かれず、拭はれずであらう」といひ、「月の障りで、男を避けて居る女子の心情を、男の立場から推量して居ると見れば、一通り理會される」とある。「なへ」

を打消の助動詞と見る事もたしかに認められるが、この作にはラ↓ナの訛が他に三つもあるのだから、このナへもラへの訛と見る方が當つてゐはすまいか。その他ツ↓トの例一つ、ム↓モの例二つあり、ナガラへがノガナへとなつたと認める事も出來るのではなからうか。

とされる。

以上澤瀉氏は「たとつくの」は「立つ月の」「のがなへ行けば」は「流らへ行けば」ととり〔口譯〕は「立つ月が流れてゆくので、」としておられる。

『新編日本古典文学全集』（校注・訳小島憲之氏、木下正俊氏、東野治之氏　一九九五・十二　小学館刊）は「多刀都久能《たとつくの》　努賀奈敝由家婆《ぬがなへゆけば》」とよみ、〇立と月―タツツキの訛り。空に姿を現した月。〇ぬがなへ―流ラへの訛りか。と注し「新月が　出てから月が経って行くので」と現代語訳をしている。

「タト」の例は万葉集中でこの一例のみであるが、「四段およびラ変あるいはいわゆる完了の助動詞りなどの連体形が甲類のオ列音となって現われる」（時代別国語大辞典上代編　昭四二・十二　三省堂刊）すなわち「波保麻米乃《ハホマメノ》」〈⑳四三五二〉「阿抱思太《アホシダ》」〈⑭三四七八〉「安良波路萬代母《アラハロマデモ》」〈⑭三四一四〉などの例もあるので「タト」は「タツ」の訛りとしてよい。これは訛りの指摘はないが、代初、略、古義にも述べている。

『新編日本古典文学全集』は「努賀奈敝《ぬがなへ》」とよんでいるが、澤瀉氏注釈で述べているように、元、類その他に「努」とあり、西、紀その他に「ノ」とよむ。すなわち「努」は「ノ」の甲類の文字であるので「ノガナヘ」とよんでおきたい。

『萬葉集全注巻第十四』（水島義治氏著　昭六一・九　有斐閣刊）は「流なへ行けばどんどん流れて行くので。『のがなへ』は『流らへ』の訛り。『らむ』が『なも』と訛ったように『流らへ』の『ら』が『な』となったもの」とある。「らむ」が「なも」と訛った例は、⑭三五六三、三四七六、同、三五二六、三五五二と五例みられるので「のがなへ」は他に例をみないが、説明はつく。

なお水島氏は「〇立と月の　立つ月が。『タトツク』は『タツツキ』の訛り。三三九五に『ツクタシ（月立し）』とあった。『立つ』は新しく始まる意。『立つ月』で改まる月の意。moonではなくてtimeのこと。月の盈虚で時を計った。私注は三三九五の歌と同じように、女性の月の障りの意に解している。」とされ、「改まる月が重なってどんどん月日がたって行くので、」と解釈される。

「ツキ」の訛りの「ツク」のうち三三九五、三五六五の例は「月」と思われるが、四四一三の「ツキ」は時間としての月ととってよい。水島氏はこの例も、時間としての月の意とされている。

7

4から6までで三四七六歌の第三、四句のよみと意味について検討してきた。
夏目甕麿は「神誓贖之《タトツクノ》禱釜往者《ヌガナヘユケバ》」とよみ、「神に誓ひて物の吉凶等を未然に占《コヽロ》むるを云ふ」と説く。

契沖は「タトツクノ　ヌカナヘユケハ」　月立テヨリ朔日二日トヒト日モ落ス行ナリ
略解は「タトツクノヌガナヘユケバ」で「立月之《タツツキノ》　流去者《ナガレユケバ》」
古義は「タトツクノヌガナヘユケバ」で「立月之《タツツキノ》　流《ナガ》らへ往者《ユケバ》」
以上の「ヌガナヘ」の「ヌ」文字は「奴」である。
澤瀉氏は「立と月《つく》ののがなへ《（流らへ）》行けば」で「立つ月が流れてゆくので」
新編日本古典文学全集「たとつくの　ぬがなへゆけば」で「新月が　出てから月が経って行くので」
全注「立と月《つく》の　流《のが》なへ行けば」で「改まる月が重なってどんどん月日がたって行くので」
澤瀉氏以下は「努賀奈敝由家婆」で「努」は「ノ」の甲類の仮名であるから「ノ」とよみたい。全体を「タトツクノノガナヘユケバ」とよむ。甕麿は代、略の説を否定し、新説を出している。がこうした例は万葉集にはみられない。巻十四の歌であるので、東国方言を認めてもよい。水島氏全注の説を今のところとりたい。
「つく」(名)については『時代別国語大辞典上代編』には、「月の東国語形」として①月②時間としての月　をあげ、②に三四七六の歌もあげている。前述のごとく、四四一三も②の例であるし、伊藤博氏の『萬葉集釋注七』巻十三・巻十四(一九九七・九　集英社刊)も①の月の意で「新月がどんどん流れて行くのだから」としているが、ここは「改まる月が重なってどんどん月日がたって行くので、」と解しておきたい。

(補)

○『お茶の水図書館蔵本』の○故布思可流奈毛…ナルホドモ引チガヒナイトイフナリの部分の上らんに「腺云奈ヲナルホト、シタルハ誤ナリ」がみられるが『浜松市立中央図書館蔵本』にはみられない。

○『萬葉集東歌本文研究並びに總索引』(水島義治氏著　昭五九・六　笠間書院刊)に「努(奴)賀奈敝(敞)」の「敝」「敞」文字であるが、『萬葉集大成』(第十九巻『總索引諸訓説篇下、總索引漢字篇』昭三九・九　平凡社刊)(○寛永二十年版本によった文字づかいである。)の「敞」をみるに「アヘラク」「アヘル」「イヅヘ」「イニシヘ」「イハヘ」などの「敞」文字を、西本願寺本など「敝」字にしている。したがって本稿では「敝」「敞」ともに同字として扱っておきたい。

曲亭馬琴と柳亭種彦 ——近世の文語の諸相

漆谷　広樹

1　近世の文語

近世という時代区分は、政治史上の区分で言えば江戸時代に相当する。日本語が古典語から現代語への変化がおこり始めるのは院政期や鎌倉時代であり中世からであると考えられる。しかし言語の変化は一様ではなく、時代が下れば、それにつれてすべてが新しい方向へ向う訳ではない。本稿では、近世の言語についてどのような状況にあるのか、いくつかの点から見て行くことにする。

時間的なことを考えれば、近世は、例えば中世に比べればより現代に近い訳なので、中世よりは現代語に近い状況であると考えられる。しかし実際の言語の状況を見ると、必ずしもそうであるとは言えない場合が見られる。すなわち、近世においてより古い時代の言語が見られる場合があることになり、これを文語と言う。近世においては、もちろん口語も見られる訳なので、近世は口語も文語も見られることになる。この状況を安藤正次氏は「国語史序説」(『国語学論考　II』)の中で「二元・対立」の時代と呼んでいる。

また、橋本四郎氏は「文語は一つの典型的な言語大系を志向する。変化しないことを理想としたのである。ところが、現実には文語も変化を見せている」(「近世における文語の位置」)と述べられている。

本稿では、口語・文語が混在する近世において、どのような文語が見られるのかについて、曲亭馬琴の語彙と柳亭種彦の『偐紫田舎源氏』を例に近世の文語の諸相について見ていくことにする。

2　曲亭馬琴の場合

曲亭馬琴の『南総里見八犬伝』には、自己の言語観について述べた部分がある。草子物語や中国の稗官小説(伝説や作り物語)、軍記類などには見本となる文章はないとした後に、次のように述べられている。

吾が文は枉て雅ならず俗ならず、又和にもあらず漢にもあらぬ(第九輯第十九)

これは、平安朝の雅文を模す訳でもなく、かといって俗語を多用する訳でもなく、といった馬琴の言語観を示しているものと考えられる。
また、真山青果は随筆『滝沢馬琴』(岩波文庫)で、馬琴の嗜好について次のように述べている。

馬琴はふるきものを撫でさすり、いつくしみ愛するという心が、ほとんど病的とも見えるほどに強かった。それはただ物に限らない。むなしき名でも、言葉でも、行事でも、伝説でも、旧き時間をとおしてそのものが歩み来たということが、彼をして無制限の愛惜を覚えさせたように見える。

この記述から、近代文学の作家には、馬琴が古い言葉をいつくしんだとの捉え方がされていることがわかる。
それでは実際には、馬琴はどのような言語を用いたのだろうか、以下接尾辞「なふ」を例にしてみていくことにする。

2—1　馬琴の「かがなふ」について

馬琴が用いた語彙の中に、「馬琴の慣用語」といわれるいくつかの語が見られる。その中に「かがなふ」の語があり、次のように用いられている。

使者の往来櫛の歯を挽がごとくけふとくらし翌とまちて僂(かがな)へみれば出で給ひし

より既に三ヵ月におよび（椿説弓張月　前編七回）

この語には「指折り数えてみるとの意、馬琴の慣用語」との頭注（岩波古典文学大系・後藤丹治校注）がある。また、『角川古語大辞典』の記述には、

指を曲げる。指折り数える。『記紀歌謡二六』に「加賀那倍て夜には九夜日には十日を」とあるのを「かが」を「かがむ」と同根であると解して、指折り数えるの意の動詞と考え雅語意識で用いたもの

とある。「かがなふ」は『椿説弓張月』に延べ8例、『南総里見八犬伝』（約二分の一の百三回まで）の中に延べ14例と馬琴には多用されているが、馬琴以前には安室貞室の『かたこと』（一六〇〇年）と建部綾足の『三野日記』（一七六六頃）にそれぞれ一例ずつ見られる程度である。他作品ではほとんど見られないものの、馬琴には「かがなふ」が多用され、馬琴の嗜好に合った語であると考えられる。

2―2　「なふ」型動詞の状況

馬琴の作品に好まれた語には、この「かがなふ」を含めた「なふ」型動詞があると言える。馬琴作品に見られる「なふ」型動詞は異なり語数で16語見られる。馬琴以外の作品では、比較的多く見られる作品でも、『源氏物語』で8語、『今昔物語集』で8語、『宇治拾遺物語』で7

語といった程度で、やはり他作品にはあまり多くは見られないことがわかる。

ところで、「なふ」型動詞といっても、次の二つの種類に分けて考える必要がある。

まずは、「あきなふ」「いざなふ」「うらなふ」「うしなふ」「うらなふ」「おこなふ」「おとなふ」「そこなふ」「ともなふ」「になふ」「まかなふ」といった中古や中世の作品でも比較的多くの用例が存している「なふ」型動詞。

次に、馬琴を中心とした読本に見られる「あがなふ」「あざなふ」「うべなふ」「つぐなふ」「つみなふ」「まひなふ」といった中古や中世の作品には用例の見られない「なふ」型動詞。ここで注目されるのは後者の場合で、これらは上代に用例が見られるものの、中古・中世には受け継がれずに、馬琴の時代になって再生された語であると考えられる。延べ語数も馬琴作品には多く見られ、『椿説弓張月』と『南総里見八犬伝』（第百三回まで）に「あがなふ」28例、「あざなふ」10例、「うべなふ」23例、「つぐなふ」1例、「つみなふ」4例、「まひなふ」4例が見られる。

これらの語は、中古・中世の作品にはほとんど見られないのだが、どのような作品に用例が求められるのかについて、各々みていくことにする。

「あがなふ」『日本書紀』（日本古典文学大系）に「請贖闌入之罪（みだれがはしくまゐれるつみをあがなはむとまうす）」（巻十八安閑天皇元年）等、6例見られる。古辞書には『倭玉篇』の

「購」に訓がある。近世には『催馬楽奇談』3例、『鳥辺山調綫』3例、『本朝水滸伝』2例、『雨月物語』1例、『春雨物語』1例と読本に例が多い。

「あざなふ」記紀には見られない。『平治物語』に「吉凶糾而縄（きっきょうあざなへるなは）の如し」（上　信西出家由来）が見られるが、これは『文選』の引用を訓じた例である。古辞書には『類聚名義抄』の「摎」に訓がある。馬琴以外の読本には見られない。

「うべなふ」『日本書紀』に「頓首受罪（をがみてつみをうべなひて）」（巻第七景光天皇五十二年）等5例見られる。古辞書には『類聚名義抄』の「諾」に訓がある。近世には『催馬楽奇談』に13例、『鳥辺山調綫』に1例、『本朝水滸伝』に5例、『春雨物語』に1例見られる。

「つぐなふ」「つぐなふ」の形では馬琴以外に用例を見ない。この語の古形と考えられる「つぐのふ」は『類聚名義抄』の「備」などに訓が見られる。近世では『鳥辺山調錢』に2例、『修紫田舎源氏』に2例見られる。

「つみなふ」『日本書紀』に「而誅不服（まつろはざるをつみなふ）」（巻第七景光天皇五十二年）等20例見られる。古辞書では『類聚名義抄』の「誅」に訓がある。例外的に『徒然草』1例見られ、「罪す」と併用されている。近世には『催馬楽奇談』に3例、『春雨物語』に1例、『修紫田舎源氏』に1例見られる。

「まひなふ」『日本書紀』に「是等物為幣也（これらのものをもてまひなひたまへ）」（巻第八仲哀

天皇八年）が見られる。

上記の6語中4語が『日本書紀』に訓が見られる。このことから、馬琴は上代に見られる用語に注目して、自己の言語の世界を形成していったものと見ることができる。そしてこの「なふ」が採用された理由については以下の2点が考えられる。

第一には、「なふ」型動詞は中古・中世には、あまり盛んには用いられなかったという点。「なふ」型動詞は、和文の性格に馴染んでいるとは言えず、これは古語をそのまま使用することにならないことが馬琴の言語観に合致したことになろう。

次に、「なふ」型自体に一種の新しさが感じられたということも考えられる。それは例えば「あがふ」―「あがなふ」、「あざふ」―「あざなふ」のように、「ふ」と「なふ」による対応のある語の場合、いずれも「ふ」による造語の方が古く、「ふ」の肥大形としての「なふ」に比較的新しい語感があったためではないだろうか。

これらのことが、馬琴独自の言語観を満たすのに好都合であったのではないだろうか。

2―3　馬琴の文語の方法

馬琴は『日本書紀』の言語の影響を受けたことが考えられるが、これを示すものとして次のような例が挙げられる。

まず「よこなまる」の場合

女護といふ名を更めて八郎と呼び做せしが、物換はりゆく世のたたずまひに、その故事を訛（よこなま）り、今八丈と稱るは（椿説弓張月　後編巻之二第二十九回）

この語には、岩波古典文学大系頭注（校注　後藤丹治）には「なまりができる。言葉が正しくなくなる。書記神武記にある用語」とある。『日本書紀』には「訛、此云與許奈磨盧」（巻三神武天皇即位前記、訓注）に「よこなまる」の訓が見られる。

さらに『椿説弓張月』に登場する人名に、「吉備臣尾越（きびのおみこし）」「盾人宿禰（たてひとのすくね）」が見られるが、これらについてもそれぞれ『日本書紀』の（巻十四雄略天皇二十三年）や（巻十一仁徳天皇十一年）に見られる人名であり、馬琴が『日本書紀』に見られる語を、取り入れていることを窺わせる例であると考えられる。

近世の文語に、平安時代に普通に見られる語が受け継がれているのは事実である。しかしそれだけにとどまらず、平安時代の語をそのまま受け継いで取り入れるのではなく、上代語を再利用することで、独自の言語の世界を構築する手法が見られることが確認できるということになる。

上代語を再利用するやり方は、この後の時代に上田敏や蒲原有明らの近代の詩人によっても、再び行われているところである。これは外国詩を翻訳した際の弊から逃れるためや、伝統的な歌語とは別の、詩語を創造する手法の一つと考えられるが、これについては稿を改めて考えていきたい。

なお、読本の用語については『講座日本語の語彙5』（明治書院　昭和57年）所収の「読本の語彙」（鈴木丹士郎）に詳しい。

3　『修紫田舎源氏』の場合

柳亭種彦の『修紫田舎源氏』（一八二九～四二年）は草双紙の一種で、紫式部の『源氏物語』を室町時代に移して翻案した作品である。『源氏物語』をもとにした作品なので、この中には当然『源氏物語』と類似した場面が語られることになる。それではそこで用いられている語彙は、『源氏物語』の語彙を受け継いだだけなのだろうか。以下、接尾辞の「げ」を例にしてみていくことにする。

3—1　接尾辞「げ」の状況

「かなしげ」「さびしげ」などの語に見られる接尾辞の「げ」が、最も発達しているのは平安時代であるといえる。なかでも『源氏物語』には、接尾辞「げ」に上接する語の異なり語数は224語も見られるが、以後の作品ではこれほど多くの「げ」を含む語は見られなくなる。

また「げ」について、『日本国語大辞典　第2版』の記述を見ると、

現代語では「～そうだ」「らしい」に代わられるなどして、あまり使われなくなっている

と記述されている。これからもわかるように、接尾辞「げ」を含む語は時代が下るとともに少なくなっていく傾向にある。平安時代以降のいくつかの作品で接尾辞「げ」を含む語の異なり語数を見ると、『今昔物語集』では77語、『保元物語』では14語、『宇治拾遺物語』では42語、『平治物語』では6語、『平家物語』では44語、『源平盛衰記』では40語、『徒然草』では15語、『増鏡』では36語、『義経記』では28語といったように、擬古的性格を有する『増鏡』以外では、時代とともに少なくなっている状況が窺える。そのような状況のなかで、ここで取り上げる『偐紫田舎源氏』では112語と、中世までの作品に比べて多くなっているといえる。それでは、この112語はどのような語なのだろうか。以下詳しく見ていくことにする。

3―2　『偐紫田舎源氏』に見られる「げ」の出現時期

『偐紫田舎源氏』での接尾辞「げ」を含む112語を分類すると、

①　平安時代に既に「げ」を含む形が見られる場合　72語（64・3％）
②　中世以降に「げ」を含む形が見られる場合　9語（8・0％）
③　近世以降に「げ」を含む形が見られるようになった場合31語（27・7％）

に分けられる。①については、平安時代の古語を受け継いだ、変化しない部分の文語ということができる。そこで以下、②、③について考察していくことにする。

3―3　中世から見られる「げ」

『偐紫田舎源氏』の接尾辞「げ」を含む語で、その語が中古には見られないが、中世には見られる語に「いそがはしげ」がある。ここでは、この語の場合を例にみていくことにする。

「いそがはしげ」

忙はしげに惟吉は、鍵持て来んと走りゆく（四編）

これは「いかにもいそがしそうに」の意味である。中世に見られるのは次の例である。

打ち捨てて、いそがはしげにておはしつると思ひて（沙石集・二・六）

『日本国語大辞典』の記述によれば、平安時代「いそがはし」は漢文訓読中心に見られ、「いそがしいように見える」の意。「そばで見ている第三者の視点から主体の様態を表現する」語であるという。類似語形の「いそがし」は和文で用いられ、「主体の実際の状況を示す」語であるという。

中古では「いそがしげ」の形は見られるが、「いそがはしげ」は見られない。これは中古では「いそがはし」自体に「〜のように見える」という意が含まれているため「げ」と意味が重

複するため、下接する必要がなかったためであると考えられる
中世になると、形容詞「いそがし」は例えば『平家物語』『太平記』に各1例など、あまり用いられなくなる。中世の和漢混淆文に訓点語出身の「いそがはし」が用いられるようになれば、「いそがし」との間に意味の差が感じられなくなるのではないか。その際に「いかにも～のように見える」という語を付加させようとすれば、「いそがはしげ」が生じることになる。つまり「いそがはしげ」は、他の語の変化に連動したためと考えられる。他の語についてはここでは扱わないが、いずれの場合も中世になって、上接語が変化をしたため、「げ」が下接できるようになったと考えられる。

3―4　近世から見られる「げ」

3―4―1　上接語の語構成から見た場合

次に近世になって接尾辞「げ」を含む語が見られるようになった場合である。中古や中世に見られなかった形が、なぜ近世になって創造されたのかという点について考える必要があるものと思われる。古語を写したのではなく、変化した部分の文語ということになり、「げ」が造語力を持っていることを示す。それは1章でとりあげた「現実には文語も変化を見せている」という記述とも合致するものである。それでは、この31語を上接語ごとに列挙すると次のよう

になる。

シク活用形容詞の場合　13語

（いたいたし、いぶかし、うたがはし、うとうとし、きむづかし、しさいらし、すきずきし、つまし、にっこらし、まちひさし、みすぼらし、よろこばし、りりし）

ク活用形容詞語幹の場合　10語

（いかつ、おそれおほ、おもはゆ、きげんよ、こころかる、こころかろ、しのびがた、にくみがた、ねむた、よねんもな）

動詞連用形の場合　7語

（しさいあり、なさけあり、ものあんじ、ものおもひ、ようあり、ようじあり、よしあり）

形容動詞の場合　1語

（殊勝）

この31語について、接尾辞「げ」に上接する語の構成について考えてみる。これらの上接語についてみると、まず形容詞の場合、複合形容詞が多いということがわかる。さらに動詞連用形の場合では、すべてが2語以上を合成されてできた語であることがわかる。

このように、複合語に「げ」が付く用法というのは、いわば中古からの伝統的な用法と言える。例えば『源氏物語』では「いできがたげ」や「ものこころぼそげ」といったいくつかの要素が含まれる複合語に「げ」が下接する場合は珍しくないからである。とすれば、近世で創造された、接尾辞「げ」を含む語は、近世で新たな方法で創造したのではなく、中古での伝統的な用法を繰り返したということになる。

また、「殊勝げ」についても同様に考えられよう。近世でも狂言資料では、漢語形容動詞には「げ」よりも「そうだ」が下接しやすいことが確認されており「殊勝そうだ」の語も見られるが、ここではより非口語的な形を選択したことになる。

3―4―2　上接語の出現時期から見た場合

次に、『偐紫田舎源氏』の中で、近世から用例が見られるようになった、接尾辞「げ」を含む語について、いくつか例を挙げながらその特徴を考えていくことにする。

「きむづかしげ」

箸をば取れど何とやら、気難しげにろくろくに、物も食はぬをうち見やり（十一篇）

この語は「気分のすぐれないさま」の意である。『日本国語大辞典』には、浄瑠璃の例が挙げられている。「げ」に上接する形容詞「きむずかし」は近世以降に用例が見られる。そこで、上接する形容詞がいつから見られるのかという点に注目して分類すると、次のようになる。

①　上接する形容詞が近世以降に見られる場合

シク活用（きむづかし　しさいらし　につこらし　まちひさし）　ク活用　（いかつし　きげんよし　こころがろし　こころがるし　しのびがたし）

②　上接する形容詞が中世以降に見られる場合

シク活用（いたいたし　つまし　みずぼらし　りりし）　ク活用（おそれおほし　おもはゆし　よねんなし）

③　上接する形容詞が中古までに見られる場合

シク活用（いぶかし　うたがはし　うとうとし　すきずきし　よろこばし）

以下それぞれの場合について考えていくことにする。

まず①については、上接語が近世までに見られない。「きげんよし」や「しのびがたし」の「～よし」、「～がたし」という造語法も近世以降のものである。上接語が近世以降に見られるようになるのだから、接尾辞「げ」を含む語も、当然近世以降に見られるわけである。

次に②については、上接する形容詞は中世に見られるようになる。中世から接尾辞「げ」を含む語形が生じ得た訳だが、中世では「げ」は造語力が弱かったために、そこでは「げ」を下接した形は生まれずなかった。そして近世で「げ」が再び造語力を持つようになった時に見られるようになったものと考えられる。

しかし③についてはどうだろうか。上接する形容詞は、中古に見られ、中古は「げ」は造語力を持っていた。それなのに中古では「げ」を下接せず、なぜ近世になってから下接するようになったのだろうか。いくつか例を見ながら考えることにする。

「うたがはしげ」

縁を結び替へしならんと、疑はしげに言ひたるは、ただ一時の戯れなり（二十三編）

この語は『日本国語大辞典』には「うたがわしいと感じているさま」とあり、近代の用例があげられている。形容詞「うたがはし」の例は、『源氏物語』に延べ語数で7例見られる。その用例を見ると、次のようになる。

なをかの頭中将の常夏疑はしく、語りし心ざままづ思ひ出でられ給へど（源氏・夕顔）

この場合の「うたがはし」は、「それでもなお頭中将の常夏の女ではないか」と「安心できずに、疑問が残る心情」を表現した語である。

「すきずきしげ」

かの方違への夜の事さへも昨日今日の心地して、偲ばしき事いと多し。その仮寝にはひたすらに、村荻なりと思ひしゆゑ、好き好きしげに憎まるる事をも聞え続けしが、（二十四編）

この語は『日本国語大辞典』では、立項はされているものの、用例は挙げられていない。意味も「すきずきしくみえるさま」と書かれているだけである。形容詞「すきずきし」の用例は

『源氏物語』に延べ41語見られる。用例を見ると、次のようになる。

なほしるべせよ。我はすきずきしき心などなき人ぞ（源氏・橋姫）

この場合は、薫が「自分は好色がましくはない」と言っている場面である。「すきずきし」は「好色がましいと思う」の意である。

「よろこばしげ」

うち泣くこともありけるが、それも光氏帰り来れば、喜ばしげに出で迎えへ、いと親しくうち語らひ（九編）

この語は『日本国語大辞典』には「よろこんでいるようなさま。うれしそうなさま。」とあり、近世の用例が挙げられている。形容詞「よろこばし」は『源氏物語』には見られないが、『日本書紀』や『今昔物語集』には用例があり、次のような例が見られる。

大王の仰せ極て喜ばし。然而（しかれども）家に貧しき老母あり（今昔三・一六）

この場合も「うれしいと思う」の意であり、自己の感情の表現といえる。

ここに挙げた「うたがはし」や「すきずきし」、「よろこばし」は自己の感情を表現する心情形容詞と考えられる。形容詞それ自身が「疑わしいと感じる」「色好みであると感じる」「喜ばしいと感じる」といった意味を持つことになる。

そこで接尾辞「げ」の意味を考え合わせると、自己の心情を表現する語には、「～と感じられる」という意の接尾辞「げ」による表現は馴染まない。それは接尾辞「げ」の持つ意味と重複があるからである。したがって、ここでは接尾辞「げ」を含む形は必要とされなかった。

しかし中古や中世では心情形容詞だった語が、近世になって用法が変わり、対象の行為や様態を評価する形状形容詞へ用法が変化していく。そうなれば、「〜と感じられる」という意味の接尾辞「げ」を伴った表現が生じ得るのではないだろうか。これは先に見た「いそがはしげ」の場合と同様であると考えられる。

ここでみる限りでは、上接する形容詞が中古等の文献に見られる場合と、それ以降の時代では用法に変化が認められるためではないかと考えられる。『修紫田舎源氏』に見られた、近世に創造された文語は、積極的に新たな用法でもたらされたのではなく、上接語などの状況の変化によって結果的にもたらされたということではないだろうか。

4 まとめ

文語は古語が変わらず固定化して残っているものと考えられがちである。もちろん固定化した語も見られるが、実際はすべてが、固定化して平安時代のまま用いられている訳ではない。今回は、近世の文語で固定化していない部分についてどのような特徴があるのか、いくつか例を挙げてみた。

その結果、馬琴においては上代語の再生や、上代語を利用した語の創造が見られた。また、『偐紫田舎源氏』では、時代の変化とともに、語が用いられる環境が変化した場合に、連動して生じた文語が確認できた。文語は決して奇をてらった方法ではなく、言語変化の流れに沿った形で、固定化した部分とは別の語を生じさせたのではないかと考えられる。

大正初期の豊橋 ——井上靖『しろばんば』を視座として

谷　彰

はじめに

井上靖の自伝的長編小説『しろばんば』（昭37・10）には、主人公の洪作がおぬい婆さんに連れられて両親が住む豊橋を訪れる場面がある。

女の人が降りてから二つ目か三つ目の駅へ汽車が停った時、洪作は駅員が「豊橋、豊橋」と叫んでいるのを耳にした。駅名を記してある表示板が丁度、洪作の顔を出している窓の前にあった。そこにも「とよはし」と記されてあった。

「おばあちゃん、ここ豊橋じゃないか」洪作は訊いてみた。

「どれ」

おぬい婆さんは顔を窓へ向けたが、いきなり、

「あれさ、まあ、豊橋じゃが」

と言うと、あとは「洪ちゃ、洪ちゃ」を連発してあわて出した。近所の席の人が二人立って来て荷物を降してくれたり、おぬい婆さんの下駄を探してくれたりした。

『しろばんば』だけでなく、井上靖は『幼き日のこと』（昭48・6）『魔法瓶』（昭48・12）『魔法の椅子』（同上）等、大正初期の豊橋を描いた作品を幾篇か残している。これは後述するように、幼少期の靖にとって豊橋が一種因縁のある土地だったからだが、そもそも特に著名な観光地でもない一地方都市の豊橋が近代小説に描き込まれること自体、小栗風要の『青春』（明38～39）など一部の例外を除いてほとんどなかったと言ってよい。

私が井上靖と豊橋の関係に着目したのは、現在自分が居住している豊橋の大正初期の姿に素朴な好奇心を抱いたからであるが、それに加え、近代小説の舞台となる土地は東京など大都市が中心で、豊橋のように取り立てて特徴のない地方都市は、都市論の観点からも、文化史の観点からも、ほんど論じられて来なかった事実に改めて気づいたからでもある。近代化の波が地方へどのように波及して行ったのかを探る端緒として、これら井上靖の自伝的作品は、格好の素材になるのではないか。

ここでは、伝記的事実をもとに井上靖と豊橋との関係を明らかにした上で、明治末期から大正初期にかけての豊橋の文化状況と、井上作品に描かれた情景との対比から窺えること、及び近代化の途上にある地方都市が孕む光と闇の側面等について、具体的に論じて行きたい。

1　幼少期の井上靖の居住地

まずは幼少期の靖の居住地と豊橋との関係を確認しておきたい。

井上靖は、明治四十年五月六日、二等軍医だった父隼雄の任地である北海道上川郡旭川町（現旭川市）に生まれた。翌年五月、父が第七師団第二十七聯隊付として韓国へ出動したのに伴い、靖は母やゑと共に、湯ヶ島から迎えに来た母方の祖父文次に連れられ、両親の郷里である湯ヶ島へ移った。結局、出生地である旭川には一年ほどしか滞在しなかったわけで、このことが象徴するように、幼少期の靖は父の転任の度に日本各地を転々とする生活を送ることになる。

明治四十二年十二月、父の静岡赴任に伴い母と静岡に移り、一家三人揃っての生活が一年七ヵ月ぶりに再開するが、翌年九月、母が身重となったため靖は一時的に湯ヶ島へ移され、祖母かのと土蔵で暮らし始める。『しろばんば』のおぬい婆さんのモデルとなったかのは、曽祖父潔の妾で、靖の戸籍上の祖母であるものの血縁関係はない。かのは井上家における自らの不安定な立場に対する懸念から、進んで靖を引き取って溺愛した。靖もかのを慕ったが、二人の最初の土蔵暮らしは数ヶ月で一旦幕を下ろす。明治四十四年一月、隼雄に東京牛込にある陸軍医学校での研修の機会が訪れ、前年九月に出生した妹静子も加えた一家四人が揃って東京へ移住したからである。一年間の研修終了後、一家は再び静岡へと戻るが、靖一人は湯ヶ島へ赴き、以後かのが死去する大正九年一月まで、両親と離れて本格的な土蔵生活を送ることになる。一方、両親と妹は明治四十五年七月、隼雄の第十五師団軍医部員就任に伴い、静岡から豊橋へと移った。これが靖と豊橋との因縁の端緒である。

ところで、両親は豊橋のどこに居を構えていたのか。靖は『魔法瓶』の中で次のように述懐している。

当時、私の両親は、豊橋の立川町仲八町七一番地ノ一という場所に住んでいた。あるいは仲八町立川町と、町名をひっくり返した方が正しいかも知れない。番地まで正確に思い出されるのは奇妙なことで、どういう具合にして、それが私の脳裡に刻み込まれてしまったかは知らないが、とにかく、私は両親が住んでいた仕舞屋風の家を眼に浮かべると、それと同時に必ずその番地が頭に蘇ってくるのである。その立川町仲八町七一番地ノ一なるところの界隈は、人通りのあまりない静かな地区で、屋敷らしい屋敷の並んでいる住宅地とは言えないにしても、勤人などが虔しくひっそりと暮らしている借家風の小さな家が何軒か軒を並べていて、その間のところどころに職人の家などを挟んでいるといった、そんな地区ではなかったかと思う。

（傍点引用者。以下同）

詳細で具体的な記憶と言いたいところだが、実はこの「立川町仲八町七一番地ノ一」という住所は正確ではない。町名に関しては「あるいは」と断り書きが加えられている通り、「仲八町立川町」の方が正しい。「仲八町（正確には中八町）」は、明治二十八年から昭和三十八年まで豊橋に実在した町名で、現在の八町通一～五丁目に当たる。「立川町」の方は、正式な町名と言うより中八町内の一角の小字名で、隼雄の勤務先の歩兵第十八聯隊の営門から徒歩で二～三分というごく近所にあった。

次に番地については、小栗康之「三河ルポ」（「中日新聞」東三河版　一九九一・二・十）が指摘する通り、当時の住宅地図に当たっても中八町には「七一番地ノ一」は存在しない。この点に関しては、「幼かった靖氏の記憶違い」（「三河ルポ」）だったか、もしくは「立川町」と呼ばれる一角がさほど広くなく、不正確な番地でも郵便物が配達されていたため、誤った番地を記憶していた事に靖本人が気付かなかったのかも知れない。いずれにせよ、豊橋での両親の住所は、正確な所番地まで特定されるに至っていない。

以上のように、靖を除く一家は大正六年八月、隼雄の朝鮮への転属により、母と弟妹が湯ヶ島へ移るまでの五年余りを豊橋で暮らすことになるのだが、靖にとって家族の住む豊橋とはどんな場所だったのだろうか。『しろばんば』の洪作に託す形で、靖は幼少期の自分が豊橋をどう見ていたかについて、次のように述べている。

洪作がおぬい婆さんに引き取られたのは、父が静岡の聯隊に勤めていた頃で、その後父

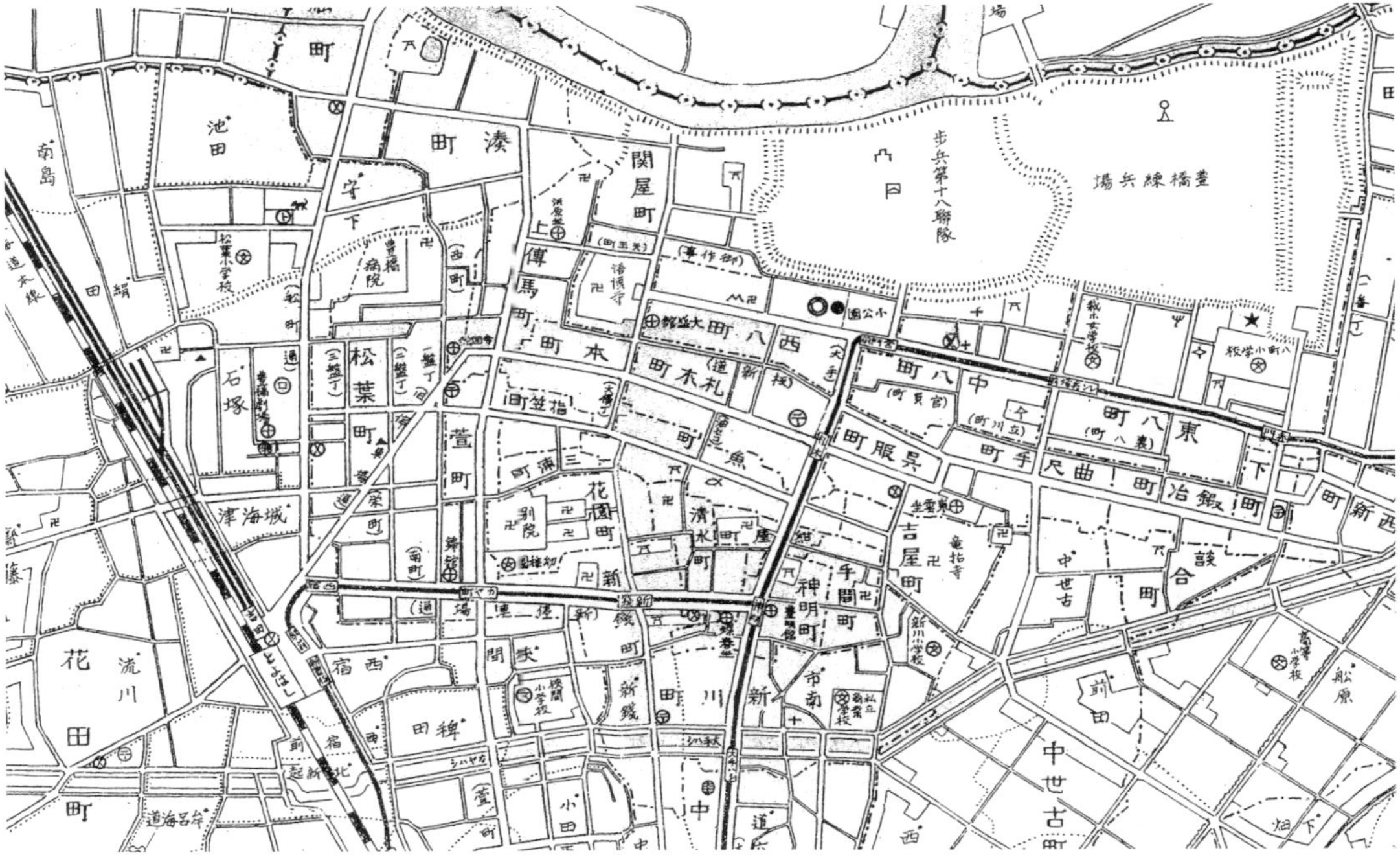

豊橋市小字入明細図（昭和二年）

は十五師団の所在地である豊橋へ転じていた。洪作は静岡の町には何の記憶も持っていなかったが、それでも静岡という町は洪作が住んだことのある町として特別の親しみを持っていた。そこへ行くと、豊橋の方は全くの未知の町であった。県も違っていて、静岡よりずっと遠く離れていたし、師団の所在地ということで、洪作には何となく静岡より遥に大きい都市であるように思われた。

ここには自分の家族の居住地に対する親近感など垣間見ることができない。『しろばんば』には、離れて暮らしていた家族が、取り分け母親その人が〈敵であるか、味方であるか、判らなかった〉と書かれているほどであるから、洪作が豊橋に親しみを感じなかったのも頷ける。その一方で洪作は、豊橋へ行くことを楽しみにもしている。〈未知の町〉であり〈大きな都市〉でもあるらしい豊橋への淡い憧れにも似た感情も認められる。このような洪作に豊橋に行く機会が訪れる。どんなドラマがそこに展開されたのだろうか。

2 洪作の豊橋旅行

『幼き日のこと』によれば、靖は〈小学校へ上がる前に一度と、小学校へ上がってから一度と、併せて二回、当時父の任地であった豊橋へ、祖母に連れられて出向いていったことが〉あった。

このうち一度目は、靖の小学校就学を機に湯ヶ島から豊橋へと彼の身柄を移そうと考えた両親が、かのに靖を豊橋へ連れて来るよう依頼したもので、大正二年の秋か冬のことだったと考えられる。しかし、靖を湯ヶ島へ留めておきたいかのの〈必死な陳情〉と、〈おかの婆さんの膝にぴたりと寄り添って坐って、父や母が何を言っても、いつでも首を横に振っていた〉靖の頑なな姿を見て、両親は豊橋の小学校へ通わせることを断念する。その経緯は『幼き日のこと』に詳しいが、ただこの最初の豊橋旅行に関する靖の記憶は、まだ幼かったせいか断片的で、当時の豊橋の情景がまとまったものとして描かれていない。

従って、靖の二度目の豊橋旅行を〈殆どそのままの形で〉(『幼き日のこと』)綴ったとされる『しろばんば』を中心に、大正初期の国内旅行の様相や豊橋の情景を探っていくことにする。洪作がおぬい婆さんに連れられて両親の住む豊橋へと旅立ったのは、小学二年生の夏休みのこと。靖の伝記と照合すれば大正四年八月頃と考えられる。

さて、その豊橋旅行であるが、当時湯ヶ島から豊橋まで行くのは一大イベントであった。おぬい婆さんと洪作は午前十時に乗合馬車で湯ヶ島を出発する。馬車は狩野川沿いに進み、午後二時に終点の大仁に到着。その二時間後、今度は大仁発の軽便鉄道に乗り込んだ洪作は、電車に揺られている間に眠ってしまい、気付くと沼津駅前の旅館の一室にいた。もう豊橋に着いたのかと勘違いした洪作を、おぬい婆さんは〈「めっくり玉のとび出すほどの高い汽車賃出して、こんなに早く豊橋に着いて貰っては、洪ちゃ、引き合うまいが」〉と笑い飛ばしている。

ちなみに当時の時刻表（「公認汽車汽船旅行案内」大正四年八月号）によると、沼津～豊橋間の哩呈は一〇四哩ほどで、運賃はおそらく二等で二円五〇銭、三等で一円五〇銭程度。もちろん大人一人分である。その半額の洪作の運賃と、さらに湯ヶ島～大仁間の乗合馬車と大仁～沼津間の軽便鉄道の運賃が加算されるのだから、確かに馬鹿にならない金額と言えるだろう。

洪作の旅程に話を戻すと、翌日、彼らは沼津駅から東海道線に乗る。

やがて、きのう大仁から乗った軽便とは較べものにならない大きな怪物のような乗物が、地響きをたててホームへ滑り込んで来た。おぬい婆さんは洪作の手を握り、決して離してはいけないと言った。（中略）

「洪ちゃ、もうこうなりゃ占めたもんじゃ。一歩も歩かんでも、汽車が豊橋へ運んでくれる。有り難いこっちゃ。極楽じゃ」

おぬい婆さんはいかにも吻としたような表情で言った。

前出の「公認汽車汽船旅行案内」によると、洪作たちが乗り込んだ汽車は、午前一〇時五八分沼津発の下関行きだろうと推定される。汽車に乗るなり、普段湯ヶ島から眺めていた富士山が眼前に見えたのに驚いた洪作が、「あ！こんなとこにも富士があらあ」と叫び、周囲の失笑を買ったりしているうちに、汽車は静岡、掛川と進む。途中、富士川、安部川、天竜川を渡り、やがて本稿冒頭に掲げた豊橋駅到着の場面へと至るのである。汽車がダイヤ通りに運行したとすれば、午後四時五分頃のことである。

3　大正四年の豊橋の情景

伊豆の山村からやって来た洪作の眼に、当時の豊橋はどのように映ったのだろうか。

豊橋駅には洪作の母が迎えに来ていたが、洪作は〈母と言葉を交すことは恥ずかしくていや

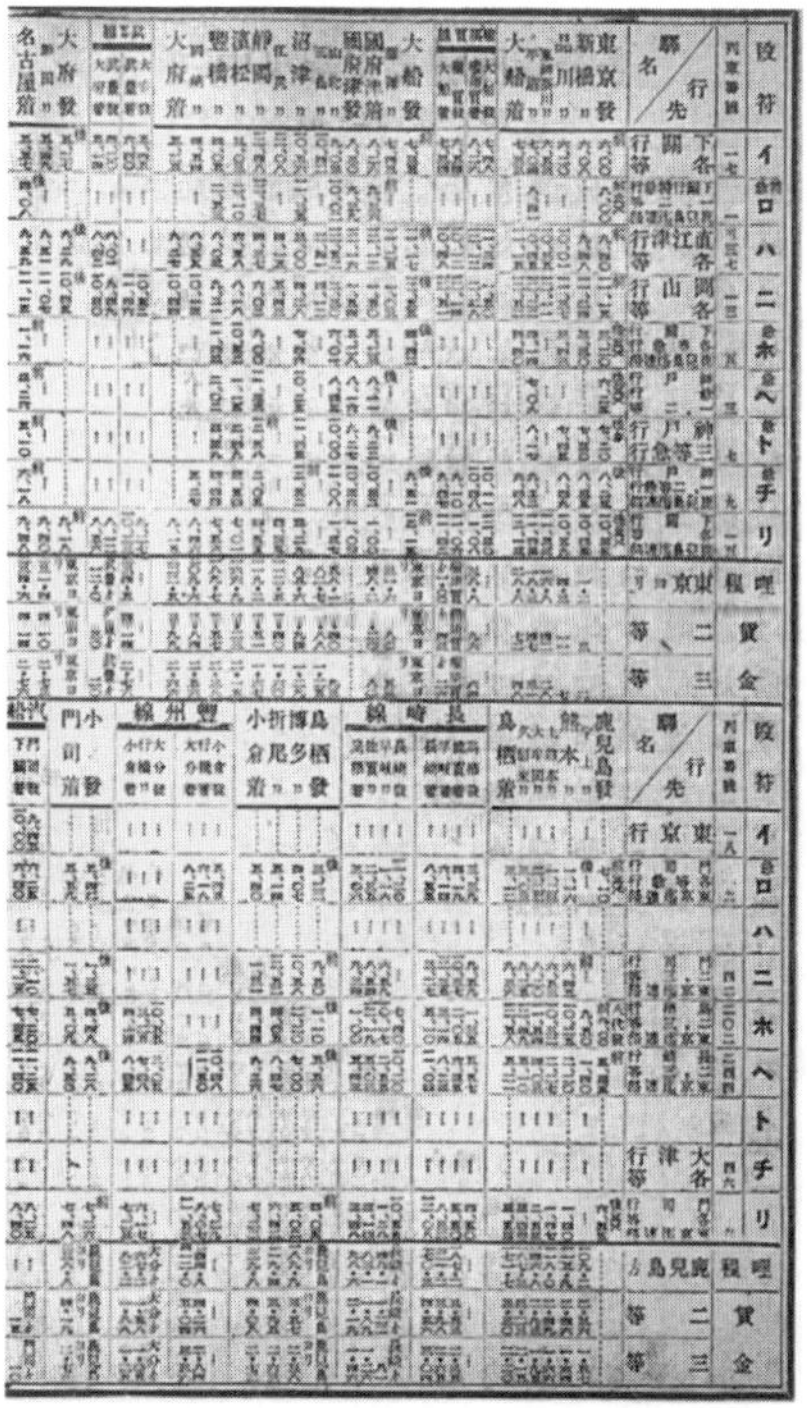

公認汽車汽船旅行案内（大正４年８月）
（宮脇俊三編著『時刻表でたどる鉄道史』）

だったし、母の眼の前に自分を曝すこともいやだった〉ため、おぬい婆さんと母が挨拶を交わしているすきに、人波に紛れて改札口を抜け出してしまう。

沼津の駅前の広場よりもっと大きい広場が、洪作の眼にはいっていた。改札口から吐き出された客は、広場に出ると、思い思いの方向へ散漫な散り方で散っていた。陽はかげっていた。広場の隅に数軒並んでいる小屋掛けの氷屋の旗が神経質に風にはためいている。洪作は、自分を初めて襲って来た理由のない孤独な思いの中に立っていた。悲しく淋しかった。

洪作が訪れた大正四年の豊橋は、人口五七、五七〇人の小都会で、明治四十一年十一月の第十五師団司令部開庁から七年が経過しようとしていた。師団設置直前の人口が四万人程度だったことを考えると、豊橋市は短期間に一万数千人も人口が増加したことになる。これは一万人近い兵士と三百人に及ぶ将校の家族が新たに豊橋市に加わったためであるが、この中には当然、靖の家族も含まれていた。

この消費人口の急増によって、市の経済は活性化しつつあった。明治三十九年八月、愛知県内では名古屋に次いで二番目に、全国では六十二番目に市制を施行した豊橋には、零細な蚕糸業以外これといった産業がなく、経済状況は総じて沈滞気味であった。これが師団誘致に成功し、師団司令部を置く軍都となることによって好転したのである。

その余波が右の文中にも認められる。洪作は駅前広場を〈沼津の駅前の広場よりもっと大きい〉と感じたようだが、師団設置を機に乗降客や貨物が急増したため、手狭になった駅舎や駅前を拡張する工事が明治四十四年から着工されていたのである。

洪作が〈理由のない孤独な思い〉に襲われたのは、彼にとって母が〈敵であるか、味方であるか、判らなかった〉という特殊な境遇にも起因しているのだろうが、当時の豊橋駅前広場の異様な広さも、そうした心情に拍車をかけたのだと考えられる。区画整理が急ピッチで進む新興都市の妙に整然とした景観は、山村から来た少年の眼にはどこかよそよそしいものとして映ったのだろう。

広い駅前広場に次いで、洪作に強い印象を与えた都市の風物は人力車であった。

母の七重は二台の人力車を呼んで来た。洪作はおぬい婆さんと一緒のくるまに乗り、母の七重は荷物と共に別の一台に乗った。母と一緒に来ていた女中は歩いて帰ることになった。洪作はくるまの上で、おぬい婆さんの股の間に挟まったまま、両側をうしろに走って行く暮方の街の家並みを、不安の入り混った落ち着かない気持で眺めていた。(中略)

街中を十五分ほど走ると、人通りの少い静かな路地にはいり、表通りに面して格子のはまっている一軒のしもたや風の家の前で、人力車のかじ棒はおろされた。洪作は人力車から降りると、ふらふらした。

明治39年の豊橋駅前
(『ふるさとの想い出　写真集　明治大正昭和　豊橋』)

洪作たちは、豊橋駅から中八町立川町にあった（と推定される）両親の家まで、人力車に揺られ十五分ほどで到着している。湯ヶ島では地域内の移動は専ら徒歩によっていたため、乗り慣れない人力車から降りた洪作は平衡感覚を失っている。すでに軽便鉄道や蒸気機関車に乗った経験を持つ洪作にとっても、比較的平坦な市街地向けの交通機関である人力車は、やはり都会を感じさせる風物の一つであった。

ここで豊橋における人力車の普及について話題を転ずると、明治六〜七年、遅くとも明治九年には人力車が利用されるようになっていた。その後、人力車の保有台数は増加の一途を辿り、明治中期から豊橋市内に路面電車が開通する大正十四年まで、人力車は豊橋市民の贅沢な乗物であった（『豊橋市史第三巻』）。明治三十七年の調査によると、市内の営業人力車数は一七七台、料金は駅前〜八町間が二十銭であった。当時四十銭あれば米一升が買えたことから推しても、確かに庶民が気軽に乗れるものではなかった（『ふるさとの想い出　写真集　明治大正昭和　豊橋』）。ちなみに、東京における人力車利用のピークは明治二十年代末で、三十年代末の市電普及によって人力車は急速に衰退して行った（岩城紀子責任編集『江戸東京歴史探検四　開化の東京を探検する』）。人力車の日常的利用のみに焦点を当てれば、豊橋の近代化は東京を約二十年後追いしていたことになる。

次に洪作に強い印象を与えた都市の風物は、夕食後父に連れられて近所を散歩したときに彼の眼を射たガス灯の青白い光で、彼はまるで〈童話の国へでも来ているような〉気分に浸っている。

靖本人にとって、豊橋旅行とガス灯との結びつきはかなり印象的だったようで、『幼き日のこと』にも次のような描写が認められる。

豊橋の町の夕暮の中を、祖母と相乗りで人力車に揺られて行った思い出は、旅情のエッセンスのようなものとして、今も心のどこかに温存されている。

生計のために忙しく立ち働いた一日は終り、人々はおのがじし灯火を灯した己が塒に帰ろうとしている。そうした人の動きが、薄暮に包まれようとしている町を占領している。道路には一定の間隔で青白いガス灯が灯っている。そうした中を、私は初めて乗るふしぎな乗物に揺られて通過して行ったのである。

この時味わった旅情は、私の生涯においての最初のものであり、おそらく最も純粋で、最も烈しいものであったろうと思う。七歳の私は、体ごとすっぽりと旅情の現像液に投げ込まれている感じである。（中略）

もう一つ記憶に遺っているのは、やはりガス灯のことである。脚榻を持った男の人が街灯に灯を入れてゆくのを、高処から見降ろしていた記憶がある。おそらく家の二階から、そうした情景を眺め、やはり旅情を感じていたのであろうと思う。

豊橋駅前で客待ちする人力車
(『ふるさとの想い出　写真集　明治大正昭和　豊橋』)

靖や洪作が初めてガス灯を眼にしたときの驚きは、明治初年にガス灯が灯るのを目撃した都会人のそれに匹敵するだろう。明治五年十月、横浜で日本初のガス灯が点火された。明治七年十一月には神戸、同十二月には東京銀座煉瓦街にガス灯が灯り、人々は闇夜を照らす文明の輝きに衝撃を受け、それを文明開化の象徴として受け止めたのである。右の文中でガス灯が〈旅情〉と結び付けられているのは故のないことではない。幼い靖はガス灯の灯りを目の当たりにして、まさに異国に来ていることを実感したのである。

ちなみに豊橋では、明治四十三年に豊橋瓦斯株式会社が開業し、その二年後に市役所前や魚町などに、さらに大正元年に東八町・曲尺手・西宿・船町などにガス灯が設置された（『とよはしの歴史』）。大正二年、初めて豊橋に来た靖が見たのは、駅から両親の家までの経路から推して魚町もしくは曲尺手のガス灯街、父と散歩した洪作が眼にしたのは、東八町辺りのガス灯街だろうと想像される。

4　地方都市の光と闇

こうして豊橋における洪作の夏休みの日々が始まる。

翌日から、洪作は母の命令で午前中二時間ずつ学校の勉強をさせられた。起床は六時で、朝食が七時、七時半に父を玄関に送り出すと、すぐ洪作は机に向った。そして九時半に勉強から解放されると、家の周囲の庭を掃き、それから買物に行く女中について行って、買物の籠を持つ役目を仰せつけられた。

午後は、自由に遊んでいいように母から言われていたが、しかし、洪作としては、遊びたくても遊びようがなかった。友達は一人も居なかったし、川も山も田圃もなかった。

ここに〈川も山も田圃もなかった〉とあるが、これは豊橋の中心部の中八町周辺と湯ヶ島とを比較した洪作の実感に近いものであるとはいえ、少々豊橋を都会化し過ぎているように思われる。わずか二十年前の豊橋を小栗風要は『青春』で鄙びた田園地帯として描写している。また大正四年の豊橋地図を見ても、洪作の両親の家から三百メートルほどの所を豊川が流れ、市街地周辺には田畑も広がっている様が確認できるし、豊橋近郊の山並みも当然洪作の眼に映っていたはずである。おそらく、厳しい母の監視の下、規則正しい孤独な生活を余儀なくさせられたことが洪作に息苦しさを感じさせ、それが都会生活の原風景として脳裡に刻まれた結果、洪作の意識から豊橋の田園風景が締め出されてしまったのであろう。

このように『しろばんば』には、豊橋を過度に都会化しているような描写が他にも散見する。例えば、おぬい婆さんと湯ヶ島に帰る前の晩に洪作が母と妹、女中の四人で繁華地区に出かけ、金魚すくいを見る次の場面がその一例である。

洪作はそれから他の子供たちが、同じように一回ずつただですくわせてもらうのを眺め

豊橋市全図（大正四年）

ていた。湯ヶ島などでは見たくても見られない色の白い目鼻立ちの整った少女が、金切声を張り上げて、大きな金魚を追い廻したり、やはり同じように湯ヶ島では想像もできない神経質な顔をした少年が、眉をしかめて、一匹の小さい斑点のある金魚を追いかけたりしているのを眺めていた。都会の子供たちは、どうしてこのように利口そうで、はきはきものを言うのだろうかと思った。

洪作が自分と同年代の豊橋の少年少女を眩しい存在として仰ぎ見てしまうのは、街の子に対する劣等意識が作用しているからに他ならない。自分が属する村落共同体より文化水準の進んだ街に住む子供たちへの引け目が、実態以上に少女の肌を白く、少年の顔を神経質に見させている。洪作は、地方都市の放つ〈光〉に眼が眩んでいたのである。

さて、子供たちが金魚すくいに興じる様に見とれていた洪作は、この直後、母たちとはぐれ夜の街で迷子になる。動転した洪作は、何度も道を曲がり、めったやたらに走った挙句、いつの間にか蛙の声に包まれた暗く淋しい田圃の畦道にさまよい出てしまう。そして前方から、〈ぼうっとした小さい光の玉が揺れ動〉きながら近づいて来るのを目の当たりにして、断末魔の悲鳴を上げてしまうのだが、〈光の玉〉の正体は、男女五人の一団が手にした提灯の灯火だった。彼等は何を聞いても要領の得ない洪作を、〈狐に騙された〉と判断して交番まで連れて行こうとするが、そうなったら母にもおぬい婆さんにも二度と会えなくなると思った洪作は、彼等の眼を盗んで〈するすると路地に入り〉逃げ出したのであった。

道はいつかまた広くなっていた。が、こんどは一軒の商店も見当らず、普通の住宅だけが並んでいた。ガス灯は消えていいたので、あたりは暗く、通行人も殆どなかった。（中略）洪作はそれからいろいろなところを歩いた。木柵があって、その向うに二頭の馬が居て裸の男たちが馬体を洗っているところも通った。それからまた神社の前も通った。社務所のようなところで二、三十人の男たちが酒盛りをしているのが、幻灯の中のひとこまのように見えた。

迷宮と化した夜の地方都市を彷徨する洪作を描いたこの場面は、洪作の豊橋旅行を描いた一節中の白眉だと言ってよい。この幻想的とも言える情景に強いリアリティを抱く読者は少なくないだろう。文明開化を象徴するガス灯が消えた地方都市の闇の中には、蛙の声や田圃の畦道、火の玉と見紛う提灯の灯火、狐付き、馬体を洗ったり神社で酒盛りをする男たちなど、土俗的な匂いの立ちこめる表象が蠢いている。

文明の〈光〉に照らされた大正四年の豊橋が洪作にとって眩しい都会であったことは疑う余地もないが、一方でその〈闇〉の領域は、依然土俗的イメージが支配的な前近代の世界のままであった。そして、これこそが当時の地方都市の本質的な姿だったのではないか。

結局、洪作は自分を探しに来たおぬい婆さんと出会い、無事両親の家に帰り着く。父から

〈「どこをどう歩いて来た？言ってみなさい」〉と促されても、〈どこからどこまでが夢であり、現実であるか、はっきりとは判ら〉ず、断片的な返答しかできなかった洪作は強制的に寝かされてしまう。最終的に夢の世界へと回収されたこの迷子事件は、豊橋旅行の原体験として、洪作の（ひいては幼少期の井上靖の）無意識下に刻み込まれたのである。この体験が豊橋を去る前の晩のエピソードとして描き込まれているゆえに、洪作の豊橋旅行はより陰影を含んだ出来事として、洪作はもちろん、読者にも強い印象を残すのである。

5　旅から戻って

豊橋での滞在を終えた洪作とおぬい婆さんは、隣近所に配る数多くの土産物を詰め込んだ七つもの荷物を抱えて湯ヶ島へと戻って来る。大仁から湯ヶ島行きの馬車に乗った洪作は、馬車の進みが遅いことに苛立ちを見せるが、これは暫時暮らして身についた都会生活のリズムと、のんびりした田舎のリズムとが齟齬を来たしたからである。

片やおぬい婆さんは、馬車の同乗者に豊橋のことをやたら自慢し始める。人力車のこと、ガス灯のこと、〈毎朝、箱入の見本を持って菓子の注文を取りに来る若松園のことや、七重に連れられて見物に行った高師ヶ原の練兵場や豊川稲荷のこと〉など、おぬい婆さんの自慢話は尽きる様子もない。

「豊橋って、三島より大きいかよ」

女の一人が訊こうものなら、おぬい婆さんは地団駄踏むような勢で、これだから田舎者は困るといった顔つきをして、「三島に師団があるかや。静岡だって聯隊だけじゃ。な、そうだべ。豊橋というところは、あんた、師団がある。師団というものは聯隊の寄り集ったところじゃ。それ一事考えただけでも、豊橋が三島と較べられたら、豊橋が泣くわ。なあ、洪ちゃ」

そんな風にまくし立てた。こうしたことに於ては、洪作も同じ気持だった。

豊橋滞在中は湯ヶ島へ帰ることばかり考えていた洪作と、それを洪作に囁き続けていたあのおぬい婆さんが、と読者は笑いを誘われる。ここでの洪作やおぬい婆さんの感慨は、海外旅行から帰国した者が旅先の異国の美点ばかりを強調し、故国のみすぼらしさに辟易する様を想起させて興味深い。

右のやり取りからも、洪作やおぬい婆さんにとって、豊橋は日常生活を送っている湯ヶ島のまさに「外部」であったことが改めて確認できる。のみならず、豊橋が軍都であったことの意味もここで再検討しておかなくてはなるまい。

『とよはしの歴史』によれば、日露戦争以前、十三師団を擁していた陸軍は、戦争を契機に四箇師団増設の方針を打ち出し、そのうちの一箇師団を東海道筋に設置する旨を発表した。この情報を掴むや、豊橋市は同じく東海道上にある沼津・浜松・岐阜などの各市と激しい誘致合戦を繰り広げた。時の市長・大口喜六が陸軍省まで陳情に赴いたり、師団設置期成同盟なる組織を立ち上げたりした結果、明治四十年三月、陸軍省より第十五師団を豊橋に設置する決定が下されたのである。豊橋が誘致合戦に勝利した要因として、大陸での作戦展開を睨んだ軍事演習のために必要な、広大な演習地となる高師ヶ原や天伯ヶ原を有していたことが挙げられる。

師団設置が豊橋市にどんな経済効果をもたらしたかについては先述したが、その余波は経済面のみに留まらない。まず、市街地と高師村などを結ぶ道路や上下水道といった都市インフラの整備面で、師団設置は豊橋の近代化を促進した。加えて、明治四十一年に初代師団長として久邇宮邦彦王が着任したり、四十三年には皇太子の巡幸があったり、大正四年一月には竹田宮恒久王が騎兵第十九聯隊長として着任したりするなど、皇室の威光を背景にした文化的・精神的側面での市民意識の高揚も看過できない。

このように、実質的な都市としての規模はともかく、軍都としての豊橋の格は、おぬい婆さんが自慢するように、当時は三島や静岡を上回っていたと言ってよい。以上はいわば、軍都豊橋の〈光〉の側面である。

しかし洪作の豊橋旅行からは話が逸れるが、軍都豊橋のその後について少し言及しておきたい。『図説東三河の歴史』によれば、第一次大戦後のワシントン会議など国際的な軍縮傾向や、シベリア出兵などで厖大な額に嵩んだ軍事費削減を掲げる政党内閣からの強い要請など、政府内外の圧力により、大正十四年、時の陸相・宇垣一茂は四箇師団削減に踏み切り、これに含まれた第十五師団は廃止されることとなった。歩兵十八聯隊は第三師団に編入された上で豊橋に残ったものの、市内の兵員数は一気に四分の一までに激減し、豊橋市にとって大きな打撃となった。

『図説東三河の歴史』にはさらに、〈消費依存の軍都の性格がかえって豊橋の工業化・近代化を遅らせた〉との問題点も指摘されている。近代都市として発展を遂げる夢を師団設置に託しすぎた結果、インフラ面での近代化はある程度達成したものの、軍から自立した市独自の産業や市民生活の成熟といった、より本質的な部分にまで近代化の〈光〉は行き渡らなかったのである。このことは、先述した洪作の闇中の彷徨の場面を想起させ暗示的であると言える。

以上は軍都・豊橋の〈闇〉の側面とも呼べるもので、豊橋のような地方都市が師団誘致に託した近代化の功罪が改めて問われるところである。

おわりに

以上、『しろばんば』を中心とする井上靖の自伝的小説をもとに、大正時代初期の豊橋の小景を素描して来た。

師団誘致に成功し、軍都となることによって近代化を推進してきた大正初期の豊橋は、伊豆の山村から来た少年にとって、都市インフラが整備されつつある眩しい都会には違いなかったが、その近代化の実態は、最先端を行く東京を約二十年遅れで必死に追走する表層的なものに過ぎず、その本質的部分に前近代性を色濃く残す一地方都市であった。井上靖は、そうした一地方都市の情景を実に生き生きとその自伝的作品の中で描き出している。

小説作品を通して、近代化の波及とその問題点を探る試みは、従来数え切れぬほどなされてきたが、その多くは先述したように、東京など近代化の光に最も早く照らされた大都市が中心であった。あるいは、依然闇の中に閉ざされたままの農村が大都市との比較対象として取り上げられることもあったが、両者の狭間にある豊橋のような地方都市の存在は忘れ去られてきた観がある。また、地方都市と一括りにしたが、各都市によってその近代化の様相は独自のものがあったろうと推察できる。井上靖の自伝的小説に留まらず、このような性格の作品群の分析を通して、明治から大正を経て昭和に至る近代化の様相を、決して画一的ではない、重層的な形で描き出す必要があるのではないだろうか。

付記　本稿は、『愛知大学　文学論叢』第一三五輯に掲載した「井上靖と豊橋　―大正時代初期、地方都市の光と闇―」に若干の修正を加えたものである。

名作の舞台、旧常磐館・蒲郡ホテル

黒柳　孝夫

建築学上の一九三〇年代

一九二〇年代にヨーロッパで確立された近代建築様式―国際様式《インターナショナルスタイル》―は、三〇年代になって、わが国独自の基盤のもとに、わが国にも定着し始める。

同時代建築研究会編著『悲喜劇・一九三〇年代の建築と文化』によると、建築デザインの領域におけるわが国の一九三〇年代の風景は、①合理主義様式、②帝冠様式、③日本回帰様式、明治以来の折衷主義様式の四つの様式の並立共存として描かれる。①の合理主義様式はル・コルビュジェやグロピウスに傾倒した機能主義・合理主義で、ヨーロッパで確立された近代建築理念《モダニズムデザイン》に基づき、伝統的な様式や装飾を一掃し、建物を幾何学的な立体に還元することを求めたもの。この主張はいうまでもなく、現代における建築デザインの主流に成長した。通称「白い家」「豆腐のような家」に代表される木構造で陸屋根モルタル住宅をいう。②の帝冠様式は主に規模の大きいモニュメンタリティーを要求される建築である。日露戦争の後、政治的にも経済的にも自信を深めたわが日本国家が、この時期ようやく維新以来の西洋追従の文化的姿勢から脱け出ようとしたことのあらわれであろう。別な言い方をすれば、建築におけるナショナリズム―日本主義―への道を開くことで、この時期以降、あるべき建築様式をめぐって「真に日本的なるものは何か」が第二次大戦の敗戦時まで、わが国建築界の中心的なテーマになっていった。③の日本回帰様式は「数寄屋」「民家」などをいい、ヨーロッパの伝統的な建築に憧れていたが、いざヨーロッパに行って本物を見学し、日本の風土や歴史性とは異なることを痛感し、日本独自の建築様式を模索したものである。

建築様式から見た旧蒲郡ホテル

明治三三年（一九〇〇）につくられた鉄道唱歌の一節に「東海道にすぐれたる、海のながめは蒲郡……」とある。蒲郡の海は、その眺めの美しさと遠浅の海岸が海水浴に適していたため、明治の初め頃から近隣の人々の休養地として、大いに利用されてきた。扇形に広がった市内を見下ろせる城山の丘の頂に立つのが旧蒲郡ホテル、現在の蒲郡プリンスホテルである。緑青色に輝く銅版葺きの入母屋屋根の建物は「海の翡翠」とも形容され、市内のどこからでも、新幹

竹島橋から蒲郡プリンスホテルを望む。

線の車窓からも一目でそれとわかる、蒲郡のランドマークなのである。

昭和五年（一九三〇）、鉄道省が初めて観光局を設置、国際観光ホテル建設計画を発表して外国人客誘致にのり出した。そのコンセプトは「美しい自然の環境をもっている土地に建てられ……都会の雑踏喧噪から逃れて習慣的日常を離れ、休養と変化とを与える」リゾートホテルであった。四〇有余の候補地のうち最後にのこったのが横浜（ニューグランドホテルの増築）・雲仙（同観光ホテル）・大津（琵琶湖レークサイドホテル）・蒲郡ホテルであった。これがラジオで全国に放送された。

蒲郡ホテルは、わが国初の国際観光ホテルとして昭和九年（一九三四）二月誕生した。

蒲郡の観光開発を考えた時、常磐館の経営者、滝信四郎（一八六八年生、一九三八年没）という個人が深く関わっていたことを忘れてはならない。一九三〇年代の国際リゾート地開発が、関東や近隣大都市の民間資本や著名ホテル業者が当地に進出するかたちで開発したものが多いことを思うと、蒲郡の開発は稀有な例であった。滝は瀧兵（現在の株式会社タキヒョー）の社主であったが、元々蒲郡海岸の小高い丘に別荘を構えていた。滝は蒲郡での別荘生活を通じて、日本旅館の経営を着想し、大正二年（一九一三）に常磐館を開業した。常磐館の名は、かつての別荘主の一人が額田郡常磐村（現在、岡崎市）に住んでおり、これに因んだ呼称といわれ、常に変わらぬ岩のように、とこしえの繁栄を願ったものと思われる。

常磐館の経営は好調で、東海地方の代表的な高級旅館として数々の華族や文人が宿泊し、名士の逗留する保養地として全国的に知名度を上げていったのである。

蒲郡ホテルを設計するにあたり、その建築デザインが討議された。構想段階では具体的に奈良ホテル（辰野金吾・河合浩蔵の設計により一九〇九年に開業）の桃山風意匠が浮かんでいた。

外観を奈良ホテル式の日本式　「新朝報」一九三一年一〇月二三号

奈良ホテルと同じく外観はお城造り　「参陽新報」一九三二年二月二六日号

実際に完成した時の新聞紙上等の形容では、室町時代の桃山風意匠となっている。

外観を室町時代の高級住宅洋式に則りたる日本風　「国際観光」二巻二号同委員会一九三四年

桃山式に名古屋城の特徴を取り入れ　「新朝報」一九三四年二月二〇日号

蒲郡ホテルの設計は元鉄道省の建築課長久野節（東大建築科明治四〇年卒業）。施工は大林組。昭和八年着工、約一年後に竣工。本工事に先立って山上まで道を造成、軌道を敷いてトロッコで海岸から資材を運びあげて工事は進められた。総面積約二六四〇㎡。建物は鉄筋コンクリート造、地上三階、一部地下一階、塔屋二階。コンクリートの躯体に、和風の入母屋屋根を載せた帝冠様式の外観である。

帝冠様式とは鉄筋コンクリート造の壁体の上に東洋風もしくは日本風の屋根を載せた建築様式をいう。帝冠様式の語源は帝国議会議事堂競技設計（コンペ）に際し、建築家下田菊太郎の唱えた「帝冠併合式」にあるとされている。このテーマが先鋭的なかたちで論じられるのは公開コンペの主催者から出されるテーマにある。一九一五年の明治神宮宝物館コンペでは「国風を基とし、高尚な外観を保たしむること」であり、一九三一年の帝室博物館コンペでは「その様式は内容と調和を保つ必要あるを以って日本趣味を基調とする東洋式とすること」であった。

外観のデザインは躯体の上に鉄骨で小屋を組み、木造銅板葺きの和風屋根を架け、千鳥破風、唐破風、塔屋を配して、山上の城郭を思わせる。軒の化粧垂木、バルコニーの勾欄などが日本調を強調している。主玄関は一階にあって海に面し、前に広がる日本庭園に対応して、木鼻や蟇股などを施した和風車寄せを設けている。

インテリアは格天井や、斗栱、鏝絵を配した梁を用いた豪華な和風意匠と、菱形をモチーフにした壁やマントルピースの彫刻、ステンドグラスやラジエターカバー、照明器具に見られるアール・デコスタイルが混在している。

アール・デコは、アール・ヌーボーの時代に続くもので、一九二五年パリで開催された現代装飾工業美術国際展覧会の省略形である。アール・デコは一九二〇年代と三〇年代の主要なスタイルとなった。アール・ヌーボーは植物や花、動物、鳥などから着想し、植物の枝や蔓を思わせる、捻じれて曲がりくねった有機的な形態で表現されている。それに反し、アール・デコは直線的で幾何学的な形状に特徴がある。第一次世界大戦後の科学技術の飛躍的発展と大量生産技術の反映といえる。材質は鋼鉄パイプ、板ガラス、コンクリート、合板などである。日本での代表的な建築は、一九三三年に竣工した朝香宮邸（現在の東京都庭園美術館）が有名である。伝統と昭和初期のモダニズムを漂わせる瀟洒な蒲郡ホテルは、当時の天皇・皇后両陛下をはじめとする皇族方や多くの文豪・歌人たちに愛され、日本を代表する高級リゾートホテルとして繁栄した。

ところが昭和五五年（一九八〇）六月、親会社の経営不振により、蒲郡ホテルは閉鎖され、八月に蒲郡市に買収された。国際観光ホテル第一号はその幕を閉じてしまったのである。その後、地元市民や多くの文化人の声に、蒲郡市が再生計画を提案し、条件を受け入れた国土計画に売却、再建されることになる。

国土計画は、蒲郡ホテルの原型をなるべくとどめることを第一に防火工事、空調・排水施設の改善を施し、昭和六二年（一九八七）八月四日、蒲郡プリンスホテルとして甦ったのである。時の経つのは早いものである。今年はプリンスホテルが開業して、二〇周年を迎えている。

文学の立場から見た旧常磐館・蒲郡ホテル

菊池寛　明治二一年（一八八八）~昭和二三年（一九四八）。香川県生。

『火華《ひばな》』大正一一年（一九二二）十月　大阪毎日新聞社刊。

蒲郡の海と常磐館のすばらしさを最初に日本中に知らしめた作品。大正七年、常磐館の一室で一ヶ月間かけて執筆された。


海は遠浅で、潮は瀬戸内海に見るやうに美しい。冬でも、海岸に立つと泳ぎたいやうな誘惑を感ずるだろう。

この海岸の風光を独占するやうに、旅館常磐館が建ってゐる。それは、旅館としての設備から云つても、海道一と云つてもいいだろう。総二階建の壮麗な日本館が、丘陵を背にして立ってゐる。その丘陵には、梅林があり花園があり、小さいながら動物園がある。大弓あり楽焼の窯場がある。庭園には、姿の美しい小松が、生い茂り、青い芝生が生え続い

て居り、海岸に近く放魚池さへ作られて居る。屋内には、玉突場があり、応接室にはピアノが備えられてゐる。（中略）

蒲郡の淋しい駅、あの駅を通り過ぎる旅客の誰が、この淋しい駅、淋しい町の海岸に、これほど壮麗な旅館のあることを思い浮かべるだらう。

それは、名古屋の某富豪が、蒲郡の風光を愛するために、道楽半分に建て、道楽半分に経営してゐる旅館である。夏は、海水浴のために、旅客が群集するけれども、秋から春の終りにかけては、十人二十人の滞在客しかない事が多い。その十人二十人の旅客のために、五十人に近い使用人が、絶えず働いてゐる。苦労性な滞在客は、この旅館が、何うしてその経営を続けて行くかを気にかけずには居られないだろう。

菊池寛は「新思潮」同人として世に認められるのは遅かったが、『無名作家の日記』（大正七年）、『忠直卿行状記』（同年）、『恩讐の彼方に』（大正八年）などで作家としての地位を確立した。その後雑誌「文芸春秋」の発刊など大正末から昭和にかけて経営するジャーナリスト、文壇の大御所と称された。横光利一や川端康成等を育て、芥川賞、直木賞も彼の創案になるもの。彼によって、文学者は初めて経営的実力のある社会的名士に認められるようになった。川端が蒲郡を訪れたのも彼の紹介が働いたものと推測される。

川端康成　明治三二年（一八九九）～昭和四七年（一九七二）。大阪生。

『驢馬に乗る妻』大正一四年（一九二五）

妻は四月のように暖い二月の入り海を寝不足な眼で眺めて、物思いに沈んでいる。「おい驢馬に乗ろうか」「驢馬でからかうのはもうよして欲しいわ」（中略）駆け足で一周してから、静かに馬を止めた。東海道線が丘の下の野を走っている。レールが日を受けて光っている。ふと彼は東京に帰った豊子を思った。「上から見ると、レールはずいぶん間の抜けた面をしているもんだね」「でも、寂しそうに痩せているわ」驢馬はまた哀れな頭を振って歩き出した。丘の南は四月のように霞んで見える、二つの半島に抱かれた、暖かい蒲郡の入り海だ。鶴が鳴いた。

『驢馬に乗る妻』手記

私は風景から短編のヒントを得る場合が多い。気に入った風景は私に創作の刺激を与える。気持ちを新鮮にするからだ。例えば、三河の蒲郡の常磐館、あの明るい海と美しい丘、それに温室、動物園、牡丹園、梅林などの驚くばかりの設備のいい旅館……

川端はこの年二六歳で『十六歳の日記』を発表し、翌年には『伊豆の踊子』を雑誌「文芸時代」に発表している。「文芸時代」は大正一三年（一九二四）の創刊。「新感覚派」の誕生を生んだ雑誌である。川端の他に横光利一、片岡鉄兵、中河与一、今東光等が参加した。新感覚派

二階のバルコニーから三河湾を望む。眼下に竹島が見える。

の作風は、横光の『頭ならびに腹』の書き出しの「真昼である。特別急行列車は満員のまま全速力で駆けていた。沿線の小駅は石のように黙殺された」のように、自分の感覚を、一般常識的な感覚の外に際立たせる作法である。『驢馬に乗る妻』でも川端の感覚がいかんなく発揮されている。引用文にある「寂しそうに痩せている」とか「小さい花が突然大きくなった驚きのような愛らしさがあった」「姉のからだがよろよろするほど乱暴に笑い始めた」「僕をゴムまりのように姉妹の手から手へ投げ合って遊ぶのはよしてくれ」

などである。川端の「遠さの感覚」「見える眼」「孤児の感情と母体希求」がこの作品にもあらわれている。

常磐館が開業したのは大正二年（一九一三）であり、丘は城山と呼ばれ、戦国時代は不相城が築かれたところである。

川端が訪れた時は旅館の敷地として、丘陵一面に馬場、植物園、牡丹園、運動場、梅林、つつじ園、常磐焼、動物園、テニスコートを擁し、東別館、中別館、西別館、大宴会場など宿泊客のための娯楽施設が配されていた。

当時の竹島には橋は無く、竹島弁天開帳（一二年めごと）の時だけ臨時の木橋が架けられた。観光蒲郡のシンボルとして竹島が脚光を浴びるようになったのは、昭和七年（一九三二）四月二〇日の永久橋の完成からである。現在の竹島橋は昭和六一年（一九八六）三月二〇日に竣工したものである。

ドイツの建築家、ブルーノ・タウトはナチスに追われ昭和八年（一九三三）春に来日し、五月四日に京都桂離宮を訪れている。桂離宮の印象を「泣きたくなるほど美しい」と述べたことは夙《つと》に有名である。タウトはその後、東京・箱根・京都・仙台などを講演・見学し、昭和九年（一九三四）三月二一日新築間もない蒲郡ホテルに泊まっている。外人客として、タウトは私が初めてとある。翌朝、眼前の竹島（弁天島）を見学し、コンクリート橋のデザインは単体としては良いが、島を台無しにしている。橋の石碑彫刻にある何某金百円也とあるのを無趣味といい、自然の中の小社殿は実に美しいと褒めている。その美しさは日本風の旅館常磐館の伝統を受け継いだ厳格な様式美であるといい、蒲郡ホテルの美しさとは雲泥の相違としている。タウトにとって帝冠様式の蒲郡ホテルは興味をかきたてる対象ではなかったようである。その後、昭和一一年（一九三六）まで日本に留まった。

『旅への誘い』蒲郡の章。昭和一五年（一九四〇）五月。

元旦の午前、早苗は驢馬に乗って、竹島へ渡った。コンクリイトの橋は四百米あった。常磐館の前から遠浅の海にかかってゐる。初詣の人の行き交う足音ばかりで、波の音はなかった。「ひまし油みたいな海やわ。」と、今朝も庭の芝生で、関西の女の子が言ってゐた。

（中略）

竹島は蒲郡町の海岸を距てたること、僅か四百米に過ぎないが、暖地性の樹種に富み、対岸の陸地といちじるしく樹相がちがうのでその林叢は天然記念物に指定されている。また蒲郡から一里ばかりの清田の大樟は、目通し幹圍十一米、日本中部の代表的な巨樹だといふ。これも見物したかった。

志賀直哉　明治一六年（一八八三）～昭和四六年（一九七一）。宮城県生。

『内村鑑三先生の憶い出』昭和一六年（一九四一）三月「婦人公論」

志賀直哉は昭和一五年（一二月一八日から二五日まで）に蒲郡を訪れた。海の見える南向きの部屋では気が散るので、北向きの部屋にかわったが、かぜ気味になり、また南向きの部屋にもどった。しかし、蒲郡ホテルの良さを認識した志賀は、つぎの年（昭和一六年）にさっそく蒲郡にやってきた。一月二七日から二月一日までの滞在中にあの有名な『内村鑑三先生の憶い出』を書いた。また同年の二月一七日と一九日には蒲郡発のはがきを書いているので、この間も蒲郡ホテルにいたことは確かである。さらに志賀は昭和三〇年（一九五五）一〇月二〇日に想い出したように蒲郡を訪れた。この時は三谷祭りにもでかけている。

山本有三　明治二〇年（一八八七）～昭和四九年（一九七四）。栃木県生。

『無事の人』昭和二四年（一九四九）新潮社刊。

常磐館の泊り客が旅館に出入りする盲目のあんまからその経歴を聞き、目がみえるときの危うさと目がみえなくなってからの無事を、ひそかに戦争批判に転化したものである。その作品の底辺に蒲郡の海のさざなみの音が通奏低音のように流れている。山本有三は、昭和四年（一九二九）に病をえたが翌年退院し、静養地に蒲郡をえらんだ。なお、『無事の人』は戦時中に投宿して書かれた。蒲郡の海は彼の身も心もいやした、海だといえよう。

食事のあと、彼はカバンの底から、ハトロンで表紙をくるんだ一冊の洋書を取りだした。これは真珠湾攻撃の翌年、出版された本であるが、最近の交換船で帰ってきた友人が、ぜひ目を通しておくようにと言って、こっそり貸してくれたのである。ウェルズ大学の国際政治学の教授、エドワード・ハレット・カーの書いたもので、「平和の条件」という本である。「平和の条件」などという書物は、今日の時勢とは全く逆行しているものだが、しかし逆行しているのは、この本ではなくて、むしろ今日の時勢であろう。彼はこの本を手にすることに相当の危険を感じながらも、そういう危険の中で、そっとページをめくることに、言い知れぬ喜びを持っていた。

谷崎潤一郎　明治一九年（一八八六）～昭和四〇年（一九六五）。東京生。

谷崎は昭和二年（一九二七）八月一七日から一週間、蒲郡に避暑にきている。おもしろいのは、このとき友人の佐藤春夫が吉野からやってきて、谷崎のいる旅館（おそらく常磐館）に二日間泊まった。谷崎の夫人・千代のことで絶交していた二人だが、前年に和解が成っていた。『細雪』の執筆中に太平洋戦争という暗黒の時を経験した谷崎は、戦争が終末をむかえたとき、蒲郡の美しい海を夢想した。その証拠に、戦後すぐに書きはじめた下巻のはじめに、幸せのうすい主人公の幸子が蒲郡まで旅行し、そこでやすらぎを得る設定をもってきた。

『細雪』（上巻　昭和二一年八月刊、中巻、二二年三月刊、下巻　二三年一二月刊）中央公論社。

……幸子たちは、蒲郡に遊ぶのは初めてであったが、今度行く気になったのは、かねて貞之助からそこの常磐館のことを聞かされていたからであった。毎月一二回名古屋へ出向く貞之助は、ぜひにお前たちをあそこへ連れて行ってやりたい、悦子などはきっと喜ぶであろうと云い云いして、今度こそは今度こそはと、二三度も約束したことがあったが、毎度お流れになってしまっていたので、今日の彼女たちの蒲郡行きは、貞之助が思い付いたのであった。……

井上　靖　明治四〇年（一九〇七）～平成三年（一九九一）。北海道生。

井上靖は幼少の頃、豊橋市内八町に住んだ。父親の務めの関係である。井上靖という作家は豊橋出身になったかもしれない。そうならなかった事情は『しろばんば』や『幼き日のこと』などに書かれている。彼は昭和二九年（一九五四）二月に蒲郡を訪れ、のちに書かれた『花粉』や『ある落日』に蒲郡ホテルが投影されている。

『ある落日』（昭和三三年四月一二日～三四年二月一八日）「読売新聞」

自動車は海岸線をはなれると、いったん人家が両側に並んでいる町筋にはいり、それからまた海の方へ向かった。そして急にエンジンの音を響かせながら小さい丘陵の上の斜面を上り始めた。ホテルはその丘陵の上にあった。全部電燈を灯している明るい何十かの窓が、木立ちの繁の間から、急に清子の眼にはいって来た。さして大きい構えではないが、一応東京方面や関西方面にもその名を知られているホテルである。

三島由紀夫　大正一四年（一九一五）～昭和四五年（一九七〇）東京生。

三島は米軍接収前、その後再び蒲郡ホテルを訪れている。三島は小説『宴のあと』で蒲郡を主人公の新婚旅行先にえらんだ。都知事選挙にからむスキャンダルを作品化したとして当時世評はやかましかった。それはさておき三島ほど蒲郡の海岸を克明に描写した作家はいない。彼は蒲郡を描くなら蒲郡を歩いてみなければ気のすまぬ人であった。

『宴のあと』（昭和三四年一一月～三五年八月）「新潮」

……目の前には三河大島を控え、西浦半島を、東に三谷の弘法山をめぐらしている海は、穏やかに輝いていたが、沖の霞に渥美と知多の両半島がつながって見えるので、海というより湖のようで、角立（かくだ）ての棚（しがらみ）を海中に沢山立てたのが、一そうこの印象を強めていた。空には雲らしい雲もなく、日はあまねく、それがそのまま無疵（むきず）で切り取って来てそこに置かれた天上の一刻のように思われた。……

大岡昇平　明治四二年（一九〇九）〜昭和六三年（一九八八）。東京生。『レイテ戦記』昭和四二年（一九六七）七月　中央公論新社刊。

林義久氏は戦後昭和二四年二月以来、三一年間ホテルマンとして蒲郡ホテルと共に生活された方である。まさにホテルの顔であった。彼の著書『私の終戦直前からの五十年』のなかで大岡昇平のことを次のように書いている。それは昭和三八年（一九六三）のことであった。

大岡氏は第二次大戦で一番の激戦地だった『レイテ戦記』の取材に全国を廻って居られ、ホテルに一泊される。偶々当ホテルの電気部に、レイテ島の戦いに参加した榊原氏がいて彼の部隊は全滅となり唯、三人丈生き残りその一人だった。累々たる日本兵の屍と一緒に死体を装い、其処に米兵が現われ矢庭に、死体に向け機関銃を乱射して彼の隣で止まり「オッケイ・ゴー・オン」と云って去って行った。その言葉が彼の耳から抜ける事はなかった。又、彼は次々と戦死して行く戦友の形見をと指を切って、衣嚢に収めもし日本へ帰る事が出来たなら、それぞれの親元に届ける積もりだった。そんな彼の悲惨な体験を大岡氏は取材していった。

庄野潤三　大正一〇年（一九二一）〜。大阪生。『三河大島』（「群島」昭和五四年一月号）『屋上』（昭和五五年春　講談社所収）

緑青のふき出した屋根。木立の茂みに囲まれた、小高い山の上にホテルがある。三階の廊下の突き当たりの右手、海の方に向いた部屋にいて、いまは夕刊を読んでいる。日は暮れたが、まだすっかり暗くはならない。妻は風呂場のある奥の部屋と寝室との間をさっきから往ったり来たりしている。……

与謝野晶子　明治一一年（一八七八）〜昭和一七年（一九四二）。大阪生。

『尾参詠草』冬柏（昭和一〇年一一月）定本与謝野晶子全集第七巻　昭和五六年六月刊

戯れに海へかかれるここちしぬ島見えぬ夜の竹島の橋
竝ぶ灯に錦を箸ると竹島の長橋見ゆる秋の夕暮れ
入海の竹島の橋踏むことを試みぬべき秋のあかつき
波清き渥美の海に今少し青さの勝る秋の空かな
帯高く結ぶ給仕の娘より鶴品劣るがまごほりかな
遠き世も見んとわれして上層の部屋を借れると人思ふらん
離れたる渥美小島もくつがえる恐れを知らず常磐木しげる
島の橋鶺鴒の腹しろくして渥美の山はうるみたるかな

高浜虚子　明治七年（一八七四）〜昭和三四年（一九五九）。愛媛県生。

大正一三年（一九二八）に蒲郡を訪れている。その後、『豊橋蒲郡俳句会』が昭和二年八月一八日に常磐館を会場に開催され、帰路鎌倉に寄り八月二〇日帰京している。その時の参加者は、虚子、田中王城、羽公、素方、賓水、燕人、夢筆、耿陽、瓢舟《ひょうしゅう》、清紅子《せいこうし》、快雨、煤煙、麦村等三〇名であった。記録に「句会開く、夕船を浮かべ、島廻り、竹島、大島、小島より仏島一周して帰る」とあり、次の句が記載されている。

欄の猿子をいただきをり秋の風

晩涼に誰れも彼もが蘇生かな

『日本探勝会第一回』三河国蒲郡（常磐館）昭和一四年二月一二日

春の波小さき石にちょと踊る

春の波小さき石に一寸踊り　（前の句を昭和一四年四月『ホトトギス』誌上で改める）

虚子の「ホトトギス」は日本探勝会と銘うって全国処々で句会を開催したが、その第一回に蒲郡が選ばれたのは、特記すべきことである。岡田耿陽等の力もあずかったことであろうが、虚子がいかに蒲郡の風景を気に入っていたかが理解される。

池波正太郎　大正一二年（一九二三）〜平成二年（一九九〇）東京生。

『よい匂いのする一夜―あの宿　この宿』蒲郡市　蒲郡ホテルと常磐館（昭和五六年四月平凡社刊）

蒲郡ホテルが大好きだった三井老人が生きていたら、なんというだろう。「世の中が、こう切羽つまってきては、仕方もないねえ」と哀しげに笑うかもしれない。何事につけ、「切羽つまる……（中略）正ちゃん。切羽つまった生き方をしてはいけませんよ。たとえ気分だけでも余裕（ゆとり）の皮を一枚、のこしておかなくてはいけない。ことに男は、ね」この言葉を、三井さんに何度、聞かされたか知れない。……

蒲郡プリンスホテルのなだらかな坂のアプローチを経て日本庭園を抜けると、和風車寄せ付きの玄関に出る。時は五月の連休時でホテルの広大な庭園ではつつじ祭りが催され、人の賑わいにあふれている。玄関を入りロビーになる。八本の太い柱が並び、天井・壁の白に木部のセピアとややほの暗い色調でホテルの格式の高さが伝わってくる。プリンスホテル開設時からの知人で前支配人の夏目勝美さんに出会い、支配人の原千明さんを紹介された。二階のバルコニーは明るく、寛いだ雰囲気である。ホテルマンの立居が美しい。「たとえ気分だけでも余裕の皮を一枚、のこしておかなくてはいけない」という池波正太郎の文章が心に浮かんだ。

後記

蒲郡市「海辺の文学記念館」

旧常磐館・蒲郡ホテルゆかりの文化を後世に伝える「海辺の文学記念館」が常磐苑（常磐館の跡地）に平成九年五月一一日から開館している。記念館は常磐館とほぼ同じ頃の明治四三年建築の同市中央本町、岡本小児科医院の旧医院を模倣復元する形で建築した。

木造瓦葺平屋建て約一五四平方メートルの洋風。玄関ホールに常磐館大広間の重厚なシャンデリアを使っている。文人ゆかりの書籍、絵画や常磐館の什器約千点、備品を順次展示している。

参考文献

『株式会社蒲郡ホテル社史』尾関二三男（総務部長）著　私家版
『東海の近代建築』旧蒲郡ホテル　松波秀子（明治村学芸委員）日本建築学会東海支部歴史意匠委員会編　中日新聞社　昭和五六年四月
『悲喜劇・一九三〇年代の建築と文化』同時代建築研究会　昭和五六年一二月
『蒲郡市史』第五章産業・経済　蒲郡市
『ブルーノ・タウトと蒲郡』鈴木章著「おいでん」八号　昭和五八年七月
『文学者の見た蒲郡ホテル』自資料　愛知大学短期大学部公開講座　昭和五八年一一月二六日
『文学のある風景』グラフあいち第五三号　愛知県広報課　昭和五八年一二月
『旧蒲郡ホテルの光と影』自資料　竹島同友会市民会議　昭和五九年二月二二日
『蒲郡ホテルの文化論』自資料　蒲郡ロータリークラブ例会　昭和五九年三月九日
『蒲郡を愛した文人たち』上　宮城谷昌光著「がまごおり通信」創刊二号　昭和六二年八月二〇

日
『蒲郡を愛した文人たち』下　宮城谷昌光著　「がまごおり通信」三号　昭和六三年七月一〇日
『竹島周辺開発に寄せるロマン』鈴木慶三郎著　東海日日新聞社　平成二年七月　計一五回
『クラシックホテルのインテリア』「モダンリビング」八三号　平成四年七月号　婦人画報社
『私の終戦直前からの五十年』林義久著　私家版　平成八年一二月
『近代日本における国際リゾート――地開発の史的研究』砂本文彦著　東京大学博士（工学）学位請求論文　平成一三年七月

あとがき

蒲郡市における愛知大学国文学会公開市民講座は今年で二五周年を迎える。このことを記念して、この度『語り継ぐ日本の文化』を発刊することにした。

巻頭に久曽神昇博士の序文を戴いたことは私どもにとって何よりの喜びである。先生は常に国文学研究の先導者であり続けられ、愛知大学と学生達、そして地域を心底から愛された方であるからである。先生は明治四二年（一九〇九）のお生まれである。

公開市民講座「日本の文学」の歴史は古く、昭和五二年（一九七七）から五年間豊橋市で開催、昭和五七年（一九八二）からは岡崎市で五年間開催した。蒲郡市での開催は昭和五八年（一九八三）からになる。講師は久曽神先生をはじめ、今は亡き津之地直一先生、そして国文学関係の教職員、卒業生が中心になって担当し今日に至っている。

今でこそ、大学の開放、地域に開かれた大学という言葉が当たり前のように語られ、実行されているが、「生涯学習」という言葉が世間で言われはじめた時期であったと思う。

愛知大学同窓会蒲郡支部の役員の面々が商工会議所のサロンに二〇名ばかり集まられ、「ほんとうに久曽神先生や津之地先生が講演にみえるのか」と厳めしく問いただされ、若輩の私も恐るおそる「はい、まちがいなくみえます」と、答えたことを思い出す。今では皆んな好々爺である。

公開市民講座は何よりも市民の皆さんの関心が高くなければ実現しないし、続かない。そして蒲郡市教育委員会と最初から共催で運営できたこと。歴代の教育長はじめ、事務局の皆さんが親身になって開催に協力いただいたこと。同窓会蒲郡支部の支部長や助さん格さんの同窓生の皆さんにご支援いただいたことである。心から感謝申しあげたい。

戦後六〇有余年、日本は高度な文明社会を迎えている。しかし一方で、自然環境破壊や心の問題の重要性が叫ばれている。二一世紀はさまざまな視点から国際性が叫ばれる世の中になるだろう。だからこそ日本人のアイデンティティー、日本文化の本流が再確認されなければいけないのだろう。ささやかではあるが『語り継ぐ日本の文化』がその一助になればと思う。

最後に本書の出版にあたり、(財)愛知大学同友会「学術研究助成費」の補助をいただいていること、この企画を快く引き受けてくださった青簡舎の大貫祥子氏に御礼を申し述べる。

平成一九年(二〇〇七)八月

黒柳　孝夫

執筆者紹介

久曾神昇（きゅうそじん　ひたく）　愛知大学名誉教授
津之地直一（つのじ　なおいち）　愛知大学名誉教授
田中　登（たなか　のぼる）　関西大学教授
和田明美（わだ　あけみ）　愛知大学教授
日比野浩信（ひびの　ひろのぶ）　愛知大学非常勤講師
沢井耐三（さわい　たいぞう）　愛知大学教授
片山　武（かたやま　たけし）　元金城学院大学教授
漆谷広樹（うるしだに　ひろき）　愛知大学準教授
谷　彰（たに　あきら）　愛知大学準教授
黒柳孝夫（くろやなぎ　たかお）　愛知大学副学長　教授

語り継ぐ日本の文化

二〇〇七年八月一一日　初版第一刷発行

編　者　沢井耐三・黒柳孝夫
発行者　大貫祥子
発行所　株式会社青簡舎
〒一〇一-〇〇五一
東京都千代田区神田神保町一-二-七
電　話　〇三-五二八三-二二六七
振　替　〇〇一七〇-九-四六五四五二

印刷・製本　株式会社太平印刷社

ISBN978-4-903996-00-4　C1095